後宮の検屍女官5

小野はるか

角川文庫
23667

目次

主な登場人物

姫桃花（きとうか）

寝てばかりで出世欲や野心がないが、
検屍となると覚醒する。
桃李（とうり）という検屍官に変装して
延明に協力している。
現在は織室の女官

孫延明（そんえんめい）

妖艶な微笑みで女官たちを魅了する
美貌の宦官。皇后派に属する。
後宮の要職である掖廷令（えきていれい）

イラスト／夏目レモン

点青　てんせい
青い目の中宮宦官。皇后のお気に入りで延明の元同僚

華允　かいん
延明の筆記係り兼雑用係りになった野犬の仔のような少年宦官

公孫　こうそん
延明の副官である中年の宦官

才里　さいり
桃花の同僚の女官で友人。噂や色恋話が大好き

紅子　こうし
桃花と才里の同僚の姐さん女官

八兆　はっちょう
老検屍官。桃李に興味を持っている

冰暉　ひょうき
延明と桃花の連絡係りの青年

扁若　へんじゃく
太医署の気位の高い少年宦官

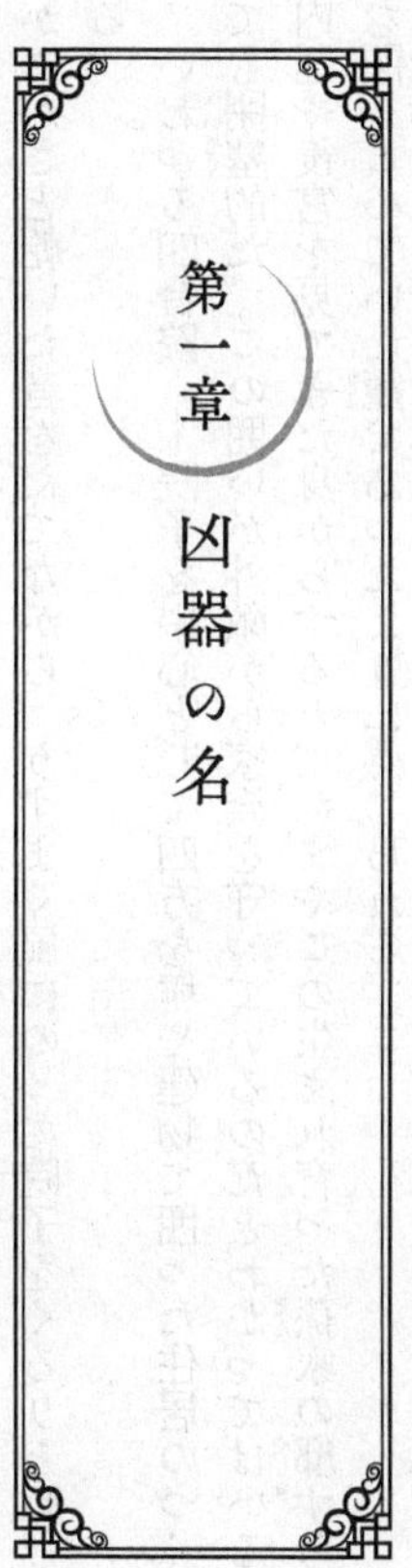

第一章　凶器の名

立冬の朝は、冷たい風が吹いていた。

懸命に枝にすがりついていた銀杏の葉は、今朝がたついにすっかり落下したらしい。かさかさと乾いた音をたてながら、うずまく風にのって院子をぐるりと駆け回っている。

いわゆる四合院――院子を中心として四方を塀や建物で囲った住居のつくりは、とても閉塞的だ。この囲いが外敵から家族を守っているのだとわかってはいるものの、内廷や後宮を見てきた身からすると、いまやこの生まれ育った孫家の邸すらも、住民を閉じこめていた籠であったように感じられる。

延明は、出口をさがすようにしていつまでも転がる落ち葉がどこか憐れに思えて、つとひとつをひろいあげた。

すると、「坊ちゃん」とわずかにあわてた調子の声がかけられて、ふり返る。

「汚のうございますから、どうぞお捨てになってください。いま掃除いたしますので」

すっかり腰の曲がった家人だ。孫家に長く仕える奴僕だが、家の取りしきりを任せているので、敬意をこめて家人と称する。名を、丁という。成人した際に当時の家長であった曾祖父がつけたのだという話だが、『丁』とは成人、あるいは下男という意味であるので、延明が腐刑後につけられた『延命したから延命』と同様、そのまんまの命名である。

「外は寒うございます。どうぞなかへ。せっかくお暇をいただきましたのに、最終日にお風邪をめされては……いえ、わたくしとしましては、それによって滞在が延びるとなればむしろ歓迎するところではありますが」

「やめてくれ。もう休暇にはとことん飽いている」

延明は、立秋に起きた梅婕妤死亡に関する一連の事件の際、投獄されたあげく毒殺されかかったことを思い返した。

回復して職務へ復帰するまでには結局二旬（二十日）を要し、その後も体調を崩すたびに休暇があたえられたのだ。

山積する職務を前にあたえられる休暇ほどつらいものはない、と痛感するさなか、うやうやしく運びこまれてきたのが帝のお言葉、「たまには帰郷し家廟に参れ」である。

どうやらだれかが――延明は太子だろうと踏んでいるのだが――延明が腐刑をうけて以来、強情にも孫家の邸を放置し、一度も家廟に参っていないことをわざわざ帝の耳に入れてくれたらしい。

帝の耳は、さぞ痛かったことだろう。なにせ孫家がたどった末路には、大きく帝が関わっている。側近宦官であった当時の中常侍が、延明の祖父が大逆を謀ったと帝に密告したのだ。いつわりの密告であるので、誣告である。帝はあろうことかこれを鵜呑みにして詔獄をひらいた。祖父と父は縄につく前に自害したが、のこった家族は難を逃れることができなかった。こうして孫家は絶えてしまったのである。

冤罪も家族の死も、そして延明の腐刑も、帝の動きひとつで拓ける未来は変わっていたのだから、思うところがあったのはまちがいない。

それが証拠に〝お言葉〟には、関を通過するための『過所』と、廟に供えるための膨大な供物の目録までもが添えてあった。詫びの品であることは明らかで、命令ではなかったが無下にするわけにもいかず、こうしてしぶしぶ京師を離れているのである。

だがそれもきょうで終わりだ。過所に記載されていた期間はしっかり消化した。ひと月もの長きである。身支度をすませたら、すぐにここを発つ。

「しかし、主が不在の五年は長うございました」

丁が落ち葉を掃きながら、しみじみと言う。

「三年のまちがいだろう」

冤罪だと判明するまでに二年を要している。その間、この土地や奴婢を含む財産は接収されていた。すくなくとも二年のあいだは国が主であったはずだ。

しかし丁は、「いいえ」と首を横にふる。

「わたくしにとって、国とは院子(にわ)を囲う壁のようなもの。主にはなりえませぬ」

「そうか……。しかし、とっさに口をついたのだろうが、五年待った主に対して、さっきの『坊ちゃん』は無い」

「おっと、つい。失礼いたしました、利伯(りはく)さま」

丁は困ったように笑い、訂正して頭を掻(か)いた。

「ほんとうに、こんなに立派になられましたのに、つい癖で坊ちゃんなどと……笑えますな」

言って顔をわずかに歪(ゆが)ませ、笑うどころか節くれだった指で目頭を押さえる。この家に起きた悲劇をつぶさに目の当たりにした家人は、唯一の生き残りである延明が帰郷してからというもの、涙ぐんでばかりいる。

――立派になった、か。

そのような言葉が出てくるのは丁だけだ。

だれもかれも――この家の奴婢たちや、孫家の土地を耕す小作人たちも、顔や態度にあからさまに出すわけではないが、五年ぶりに帰郷した延明のあつかいに戸惑いを抱いているのがわかる。

だろうとも、と延明は諦念(ていねん)でもってそれらをしずかに受け入れていた。

代々高官を輩出してきた名門孫家で、祖父は九卿(きゅうけい)（閣僚）、父は太子の教育係である太子太傅、そして自身は太子の学友として育ち、輝きに満ちた将来を約束されていたはずの嫡男が、性を切り取られて宦官となって帰ってきたのだ。

もちろん、腐刑をうけたこと自体は知っていただろう。だが知っていたことと、本人を目のまえにすることとでは話がべつだ。

小作人らは腫れ物のように延明に接し、一家の悲劇を知る奴婢たちは過ぎたる同情や憐憫から、延明を傷つけまいといらぬ苦慮をにじませている。

――かつてなら、耐えがたかっただろう。

利伯と呼ばれることを拒み、利伯はもう死んだのだと頑なになっていたころの自分なら。

丁をのこして止房にもどりながら、延明は思った。

家廟参りはこれまでも、皇后や太子らから強く勧められたことがあった。だがそのたびに断固として拒否しつづけてきたのだ。

家廟は、先祖代々の位牌をまつる祠堂である。先祖の魂を安らかしめることは子孫の務めであり義務だ。家を継ぎ、先祖をまつり、子々孫々の繁栄を築くことが最大の『孝』である、その象徴だと言ってよい。

そんな場所に跡継ぎをのぞめない身体で参る苦しみなど、とうていだれにも理解できまい――そういった、怒りにも似たやるせない感情がかつてはあった。男子であった孫利伯を知る家人らに会い、白い目を向けられるのも怖かった。

正直いまとて、切り取られた身体がもとにもどったわけではない。粉々になった矜持がよみがえったわけでもない。

それでも、心持ちは明らかに変わったのだという思いがある。生き恥という羞恥が無くなることはないが、もはや拘泥する事柄ではないのだ――そう割りきれるようになった、というべきか。

なにせ、子孫繁栄よりももっと大切な使命が、いまの延明の胸にはある。

――はやく帰らなくては。

血統が絶え、いずれ朽ちるしかない孫家の家廟に罪悪感はあるが、ここはもはや延明の居場所ではない。

延明は自室にもどるなり早々と外出用の毛皮を羽織り、室にすっかりまとめられた荷を確認した。着がえだけが入った小さな荷だ。ここから持ち出すような物品など、なにひとつとてない。

さて、あとは携行用の水と軽食だが、用意はできているだろうか。ひとを呼ぼうとして、ふと、荷のわきに冊書が一巻置かれてあるのに気がついた。

延明が置いた物ではないはずだ。

なんだろうか、と火鉢の傍に腰をおろし、閉じ紐をほどく。

「……これは」

ざっと目を通して瞠目した。

「殺しの顚末書にございます」

言ったのは、木炭を抱えてきた若い奴僕だった。丁の孫だ。

延明は戸惑いながら、細い木簡を綴った書をからからとひろげて目をとおす。たしかに、とある殺しについて書かれたものであることはまちがいない。事の起こりから犯人が断定されるまでの流れがよく整理され、簡潔に記されている。

「こんなものが、なぜここに……」

声がかすれた。

記された犯人の名は、延明の祖父の名だ。

これは、延明の祖父が大罪に問われるきっかけとなった殺しの顚末について、詳細を書き連ねた資料だった。

「五年前、われわれ使用人はとつぜん国に接収され、京師の舗装を修繕する労働につかされました」

と、丁の孫は火鉢に炭を足しながら、とつとつと語る。

「わずかな食料、わずかな水しかなく、ほとんど休む間もない力仕事です。しかしそんななかでも祖父はすきを見ては、必死に道行く官吏の車を止め、あるいは儒生を見れば声をかけ、事件の情報をなんとか集めていたのです。祖父ははじめから冤罪であると信じていましたので、いつかかならず利伯さまが情報を必要とされるときがくるだろう、と」

「丁が……そうだったか。苦労を掛けた」

「いえ。どうせもとより気休めであったのです。宦官として奥向きに働く利伯さまに、届けるすべすらありませんでした。それにけっきょくこれが利伯さまの手に渡る前に、すべて冤罪であると認められたのですから」

なので捨ててください、と丁の孫は言う。

ときにはひどく打擲され、冷笑され、罵倒されながらも、自分の祖父がほそぼそと集めた情報を清書してもらったもので、不要となっても自分の手ではとても捨てるに忍びなかったのだという。

延明はもう一度、視線を落として文字を追う。

巻末には、関係者の名前と役職がずらりと列挙されてあった。これを見れば、なんのために利伯が必要とすると丁が考えたのか、あきらかだ。

「不倶戴天の仇、か」

不倶戴天――父の讎は倶に天を戴かず。

父親の仇はおなじ天の下に生かしてはおけず、直ちに殺すべし、という仇討ちを奨励する考え方だ。

実際、父親の仇をとらない息子は「不孝者」としてうしろ指をさされる世の中である。丁は、利伯か関係者にいずれ仇討ちを仕掛けるはずだと信じていたのだろう。

だが利伯が仇討ちを決心するよりさきに、中常侍の存在を危ぶむ百官の働きによって冤罪は晴れ、関係者は処罰をうけてこの世の者ではなくなった。延明が手を下すことは永久にできなくなったのである。

「私はつくづく不孝な息子だな」

ほんとうであれば、もっとはやくに行動を起こすべきだったとわかってはいる。しかし腐刑をうけて絶望に沈む延明には、仇討ちをしかけるほどの心の余裕が存在していなかったのだ。

「だれも責めてはおりません」

「これはもらっていく」

延明は冊書を荷のなかにしまった。

火鉢からは、ぱちぱちと炭がはぜる音が響いている。衣擦れの音すら耳に鮮明で、この邸がいかに静寂に沈んでいるのか、ふと痛感した思いがした。

……当然だ。ここにはもう、邸を維持する最低限の使用人しか住んでいない。

どっと胸を塞ぐような寂しさが去来して、延明は目を閉じた。

祖父が昔くれた筆と硯、父が使っていた脇息、弟たちが走り回っていた院子、母が幼い利伯の頭を撫で、見上げていた銀杏の木。視界に入るすべてがなつかしく、愛おしい。

しかし耳によみがえるにぎやかな声も、ぬくもりも、いまやすべて過去のものだ。延明の記憶のなかにしか存在せず、現世からは永久に失われた。

この家はもう継ぐ者もなく、ただ朽ちていくだけだ。宦官となった延明とおなじように。

来客が告げられたのは、まさに京師に向けて発とうとしていたときだった。

血相を変えた様子で門番が駆けてきて、あわてて延明が応対に出る。

「――我が君」

膝をつき、深々と揖礼する。孫家を訪ったのは、延明の主にしてこの大光帝国の皇太子だった。本来であれば大門などで応対せず、すぐに正房に通してもてなすべきなのだが、門番によると本人が固辞したのだという。

「立て、楽にせよ」

礼をとき、困惑を隠しつつ状況を確認する。門の外には儀仗をそなえた供の者たちがずらりと控えている。天子や太子の行列である『鹵簿』だ。ただ、規定よりもずいぶん簡素で太子自身の身なりも質素であるから、大仰な行啓というわけではないらしい。

「そろそろここを発つ日頃だろうと思って、寄った。供をせよ」

「供とはどちらに」

「『水望』だ」

水望。延明は軽く目を瞠った。

それは京師にほど近い邑の名で、梅婕妤が殺害された巫蠱事件の際には、「太子に横暴をはたらかれた」と訴え出ていた土地だ。おかげで太子は蟄居を命じられる羽目となり、動きを封じられることとなった。

「梅氏とつながっていた者はすべて処刑が済んだ、ときいておりましたが」

「その件は関係がない。水望だけでなく、各地をまわっている。ただの慰労だ。今年は各地の実りがよくない。きびしい冬になる」

どうやら行啓中、最後の地を回る手前で延明をひろいにきたらしい。

「たしかに、孫家の作地もきびしい状態のようでした。今年は日照が足りなかったばかりか、そのせいで作物に病気が蔓延したのだという話です」

銀杏の葉が散るのも、延明の記憶にあるよりずっと早い。

「陛下は税の一部恩赦を命じられたが、これは加減の難しいところだ。北は匈奴の侵攻が激しく、慢性的な食糧不足に拍車がかかっている。物資を送らねばならないが、その余裕がない」

大光帝国の北は、異民族と国境を争う最前線だ。もともと異民族匈奴を駆逐して版図をひろげてきた土地だが、その防衛には全土から徴集した防人があてられ、末端の兵でもひとりあたり毎月三石三斗三升の粟米が支給される。脱穀して二石（約四十リットル）。前線は万里におよぶので膨大な量だ。

しかも匈奴は匈奴で食糧を大光帝国からの略奪に頼るところが大きく、実りの季節になると大挙して押し寄せ、作物を奪ってゆく。遊牧民であるので、日照不足は牧畜の越冬におおいに影響していることだろう。こちらもきびしいが、あちらも生存の危機であり、いっそう侵攻は激しさを増す。

太子は眉間に難渋をにじませ、嘆息した。

「せめて京師周辺、陛下のお膝元だけはやすらかに冬を越させたいものだが」

つまり食べるものがすくなく冬越しは厳しいが、帝はみなをつねに気にかけているぞ、と慰撫するために太子がこうして行啓しているというわけだ。

――まあ、それだけではないだろうが。

太子は遠くない未来に、帝の崩御を見据えているのだろう。安い言いかただが、顔と徳を売っておいたほうがよい。

うしろをふり返れば、丁が荷を持ってきていた。延明は「お供いたします」と太子に揖礼をささげ、丁から荷を受けとって宝駕のわきに侍る。太子からは同乗するよう言われたが、さすがに固辞する。どうせ徒の従者を引きつれている鹵簿など、歩く速さと大してちがいがない。

太子が宝駕に乗りこむと、ゆっくりと列が動き出した。

丁をはじめ、採家の使用人たちが門の前で見送ってくれる。

「おまえたち、家と廟の管理を頼む」

「おまかせください、利伯さま」

「どうぞお気をつけていってらっしゃいませ」

お早いお帰りをお待ちしております、と彼らは頭を下げる。遠く、道の彼方に見えなくなるまで、それはつづいた。

その日は水望邑にほど近い置にて宿泊し、翌朝発つこととなった。

天子の継嗣、太子の行啓である。通常はこのような旅人用の置などではなく、土地の有力者の邸にて宿泊し、歓待させるものだが、かえって民心の不興を買うとのことで配慮したものらしい。

ほとんど土づくりの狭い宿舎に硬い臥牀、粗末にして最低限の施設に延明はあわてたが、当の本人は気にした様子がない。従者たちもすでに心得たもののようで、てきぱきと敷物を敷き、帳を張るなど、可能な限りの寝じたくを整えていた。

「利伯、寝るまですこし話をしないか」

「三公の一席について、動きでもございましたか」

太子の座をしつらえていた手を止めて問うと、太子は苦笑する。しかも座ではなく臥牀に腰をおろしたので、その庶民じみた行動にも驚いた。

「そうではない。道中で見た景色や、食べたものの話などだ」

困惑する延明をよそに、太子は人払いを命じて衿をくつろげる。

「なにを言っているのかわからないといった顔だな。だが、私にもよくわからないのだ」

太子は「余」ではなく、「私」と口にした。ときおりのぞかせる、私人としての顔だ。

「ただ……そうだな。おそらくこうしてなにも飾らず、ただのひととしておまえと旅をするのは、これが最初で最後の機会であろう。私はこれを、人生でもっとも貴重な時間だと感じている」

その面差しに、延明ははっとした。たったひとりで凪いだ海に向きあうかのような、茫漠とした侘しさを抱えた瞳だ。

——向きあっているのは、海ではなく玉座か。

玉座は大帝国の頂点である。天子となればその顔は龍顔、声は龍声と称されるように、まさに『人』ではなくなる。

孤独なのだ、と延明は唐突に理解した。

思い返せば、太子は蒼皇子の処遇について問われたとき、「我が弟に」と答えていた。丁寧に言い換えれば「皇后が養子にしたので、自分の弟になった」ということだが、これはおかしな話だ。母がちがうとはいえ、もとより太子と蒼皇子は兄弟であるのだから。

つまり裏を返せば、これまでは弟だとは思ってこなかった、ということになる。無意識に出た言葉だったのだろうが、本音であるのだろう。皇子三人に対して玉座はひとつしかないのだから、理由などいくらでも思いあたる。実際、梅氏が蒼皇子を太子にすえようと画策したばかりだ。二の君にいたっては年齢も近いことから、これまでなにもなかったとは到底思えない。

生まれ落ちては兄弟間で足をすくい合って育ち、玉座につけば人ではなくなり、内廷にて阿諛追従の宦官との世界に閉じこめられる。朝議にて顔をあわせる重臣はいつ裏切るともしれず、唯一の癒しは女たちの待つ後宮なのだろうが、それもまた陰謀策謀のうずまく伏魔殿だ。

すべてを手にできる立ち場でありながら、なにも手に入らない――それが皇太子、ひいては皇帝という存在なのかもしれない。そんなふうにも思えてくる。

「利伯、どこへ行く！」

延明が房を出ようとすると、太子はあわてたように腰を浮かせた。

「すこしだけお待ちを。友と話をするには玉友がひつようでしょう」

言って、外に出る。あたりはすでに薄暗く、置を囲む一丈ほどの高さの壁の上にはすでに月がのぞいていた。

延明は背にのこったわずかな緊張を解くように、ゆっくりと息を吐く。

友。太子から出るこの言葉ほど、延明を苛むものはない。……否、苛むものはなかった、と表現すべきだろうか。

五年ぶりに家廟に参ることができたように、太子に対するわだかまりも、すでに過去のものとなりつつあった。抱えていた緊張も、どう反応するかわからないおのれの感情に身構えたもので、ただの杞憂に過ぎなかった。

「利伯」

ふり返れば、太子が延明を追って出てきていた。

「お待ちをと申しましたでしょう」

「……私を恨んでいるか？」

「五年も経って、それを問いますか」

極刑であった延明の助命嘆願をし、宦官として生きる運命を否応なしにあたえた太子。延明は腐刑をうけて以来、ずっと彼に対してなんとも表現しがたい靄のような感情を抱えつづけてきた。

「……恨んでいるのだろうな」

「それはもう、過去のことです」

ここは笑みを浮かべ、「恨んでいるはずがない」と言うべきなのだろう。しかし、そんなものはただの偽りにすぎない。

望まざる延命であった。みずからの意思とはかかわりなく身体の一部を切り取られ、家畜とひとしい宦官となった。その後に味わった屈辱の数々は、もはや筆舌に尽くしがたい。いっそあのとき死なせてくれていれば、と、そう思わない日はなかっただろう。

だがいつからか、そういったわだかまりは融けていったのだ。

——いや……いつからか、ではないな。

融かしたのは、まぎれもなく桃花の存在だ。

桃花と出会い、そこから季節のうつろいとともに、冷たく凍えて固まった延明の心はゆっくりと融けていった。バラバラに砕け散り、欠けてしまった心のすき間も埋まっていった。

ふと、思う。

この孤独な太子に、果たしてそういった存在はあるのだろうか、と。

太子は延明を見、そして耐えかねたように視線をうつむけた。壮健で、若くして威厳を持ちあわせた太子が、いまは道に迷った子どものように途方に暮れた目をしている。

「私は、おまえを失うのを恐れた。おまえは私の人生唯一の友だ。なんとしても助けたかった。生きていてほしかったのだ」

「存じております。……いえ、ようやくそれを理解できるようになったと言うべきでしょうか」

この太子には、縋(すが)るものが延明しかなかったのだ。そしていまも、それは変わらない。このさき増える望みも薄いだろう。なにせ太子と玉座はあまりにも近すぎ、その権力は周囲の人心を容易に惑わせる。

「申しましたが、すでに過去のことです。私はいま、宦官となり天命を得ました。世から冤罪(えんざい)をなくすという重大なる使命です。この欠けた身体こそが、冤罪がいかに取り返しのつかぬ過ちであるかの証左となるでしょう。いまや私にとって、おのれが宦官であることに意義があるのです」

「無冤術(むえんじゅつ)か」

「ええ」

無冤術。冤罪を無くすすべ。

「ですので、いまは命を救っていただいたことに感謝を申しあげます」

延明は心より笑んで、深く深く揖礼をささげる。

ふり返ってみれば、この件で礼を言うのはこれがはじめてのことだ。いままではとてもではないが、感謝の言葉など思いつきもしなかった。

「――ようやく、あなたと純粋に向きあえる時がきました……盤」

盤。劉盤。それがかつて呼び合った太子の名だ。

「家族を救ってやれなくてすまない」

「祖父と父に関しては、あれは自裁です。救うべくもない」

それにふたりは宦官になるなど到底耐え難かったことだろう。

「さあ、酒を飲みましょう」

供の者から酒を受けとり、ふたつの杯に注ぐ。

「主君であり友であり、そして命の恩人であるあなたに」

杯を掲げた空には、すでに星がまたたいていた。

＊＊＊

翌朝。

霜がおりた地面を踏みしめながら、鹵簿が沃土の平野部をゆく。

よく開墾がなされ、里や田畑が点在するなかを進んでいると、延明はふと妙な感覚を覚えて眉をよせた。

太子も違和を感じたようで、宝駕から顔をのぞかせる。

「静かだ。ひと気がない。このあたりは無人域なのだろうか」

「そんなはずは……」

怪訝に思いながら、周囲を見渡す。往来に人影はおろか、付近の田畑で作業をする農夫の姿もない。ほとんどの作物の収穫期は終えているが、かといってまだ家にこもりきりになる季節ではないはずだ。

「まるで先払いを遣ったかのようです」

先払いとは、貴人の通行に先駆けて往来に『回避』や『粛静』を命じる使者である。民は農作業をはなれて道を掃除し、あるいは家にこもらねばならず負担となることから、こたびの行啓では太子の意向でおこなわれていないはずだった。

「置の役人が、いらぬ気を回したのかもしれぬな」

太子がいうように、それがもっともありうる可能性だろうと思う。

それから十里の距離を鹵簿は進み、午よりまえに水望邑へと到着した。

古くは功臣の食邑であった邑は、すっかり傷んではいるものの、立派な城壁にて居住区を四角く囲っていた。その外側を虎落とよばれる逆茂木で守り、さらに外には畑がひろがっている。

寒さに萎れたいくらかの作物の葉を見るともなしに見ながら正門へ向かうと、出迎えの姿が見える。延明は「やはり」と思った。

太子は先払いを遣っていないばかりか、目的地には歓待不要の行啓をおこなうことだけを伝え、到着日はあえて通達していないのである。

日付を連絡してしまう、あるいは到着の予告をすると、いかに歓待不要を報せていても、先方が宴や馳走を用意してしまうのが目に見えているからだ。太子を迎えるために一頭しかいない耕牛をつぶしてしまった、などあっては目も当てられない。

しかしこうして報せていない到着を出迎えているのだから、やはり何者かが先払いを遣ったということだろう。

そう思ったのだが、

——なんだ？

実際に門へと到着して、延明は困惑した。

出迎えにきていた者たちが、鹵簿を見てあきらかに戸惑いを浮かべているのだ。

どうしたことかと怪訝に思いながらも、「皇太子殿下の到着です」と告げ、延明は前に出た。

「きびしい冬をまえに、皇太子殿下がこの邑を行啓さきにお選びになりました。さきごろ、この邑からは殿下による横暴があったとの訴えがあり、それはいつわりであったと判明しましたが、殿下はたいへんお心を痛めていらっしゃる。それはご自身の身を思ってのことではなく、いつわりを訴えたおまえたちが苦しんではいないかという憂慮にほかなりません」

はっ、と声を上げて、邑人は額を地にこすりつけるほど低頭する。

——とてもあげる面（つら）はあるまい。

それらの後頭部を、延明は冷たいまなざしで見おろした。

調べによれば、この邑は一部住民と梅氏（ばい）との間で取り引きがあったとのことである。耕牛、鉄製の農具、揚水機、そして食料や多額の金銭とひきかえに、誣告（ぶこく）をおこなったのだ。関係者はすでに死罪となっているが、本来であれば邑全体が罪に問われるところである。それを庇（かば）ったのが他でもない太子だった。

帝（みかど）に対して太子がどのように訴えたのか、その詳細を延明は知らないが、結果、この邑は太子の食邑となることで事なきを得たときいている。命を狙った太子に命をひろわれたわけだ。態度がおかしいのは、本人をまえにしてどうしたらよいかわからず狼狽（ろうばい）したから、とみるのが妥当な線だろうか。

従者が宝駕のそばに踏み台を出し、御者が幭をあげる。太子が姿をあらわして、邑人のひとりが面を伏せたまま震える声を上げた。

「お、畏れながら、申しあげます……！」

三十代ほどの女だ。身なりから見て、出迎えた者のなかではもっとも有力者に見える。

兵が槍を向けようとするのを宝駕から降りた太子が制し、さきをうながした。

「聴こう。面を上げよ」

「あたしは、夏までこの邑を任されていました計家の嫁、春春と申します。まことに畏れながら、ただいま、この邑には穢れがございます。尊きおかたを迎え入れるわけには参りません」

「穢れとは？　詳細を申せ」

春春と名乗った女はこれ以上貴人に直接口をきくわけにもいかず、まごついている。あいだに延明が入ると、「殺しです」と緊張に汗を浮かべながら小声で説明した。

「けさ、死体が見つかりまして……。あたしたちはここで役人の到着を待っていたのです」

それでか、と延明はかれらの挙動不審を理解した。かれらは太子を出迎えたのではなく、役人――つまり近県から送られる検屍官の到着を待つところだったのだ。

延明が太子に話の内容を伝えると、太子も得心がいった顔をした。

「先払いは、検屍官がおのれのために遣ったものであったか。仰々しいものだ」

「あきれたことですが、京師の外ではよくあることかと」

高官ひしめく京師とはちがい、外では官職を持つだけで鼻が高い。周囲は農夫や奴婢ばかりなので、優越感を育てやすいのだろう。

「いかがされましょう？　この場で邑の代表に恩恵の品をあたえて帰京、穢れを避けるのがよいと存じますが」

恩恵の品は、太子が立ち寄る先々で民にあたえる恵みである。帝の場合は税の減免であったり爵位であったりもするが、今回は帛だ。太子じきじきの慰労がなくとも恩恵がもらえるだけで感謝するだろう。

だが、妥当な提案に太子は小さく笑った。

「本音はちがうのだろう？」

「……」

「天命の話をしたばかりではないか。それにかつて交わした約束も忘れてはおらぬぞ。宮廷でのみ正確な検屍がおこなわれていても意味がない、という言葉もな。これは外でおこなわれている検屍を目にする、またとない機会だ」

見たいのであろう？　と問われて、延明は逡巡した。

もちろん、見たい。宮廷の外でおこなわれている検屍の現実を。

宦官となる前はいくらでも目にする機会があったが、では目を向けてきたかと言えば、それは否だ。孫利伯も、穢れを回避する者のひとりだった。

「……しかし優先すべき事柄でないことくらいはわきまえております。穢れがどうという以前に、殺しの容疑人が潜む可能性のある邑に、我が君の身を置くわけには参りません」

「余には手練れの警護がいるのだから問題ない。それに検屍制度の整備は我が右腕が肝いりで進めようとする案件だ。危険があるとしても、とどまる価値があろう」

延明はなにかを言おうとして、やめた。

太子は安全の確保よりも優先して、延明とかつて交わした約束の一歩を履行しようとしてくれているのだ。

「感謝いたします。我が君」

それから、鹵簿を迎えた春春という女に向きなおる。

「殿下は遺体の弔いが終わるまでお待ちくださるとのこと。その後、みなにお言葉を授けられます。それまで滞在する場所を用意するよう伝えなさい。ただし、特別な歓待はまったくの不要です」

だが、春春はすぐには返答せず、苦しげに顔をゆがませた。

「どうしました？」

「太子さまをお迎えするのに、もっとも適しているのは計家でしょう。けれども……不手際なくお休みいただけるか……」

「なにが言いたいのです？」

「……夫、なのです」

ぐっとなにかをこらえるようにしたあと、春春は固く目を瞑って言葉をはきだした。

「殺されたのは、計家の当主――あたしの夫なんです」

＊＊＊

「いいか、清廉潔白では生きていけんぞ。覚えておくんだな」

ふんぞり返る亮に、才里は顔をしかめながら、しぶしぶと重い包みを渡す。亮はそれを受けとると、手で重さをはかるようにしてからうなずいた。

「まあ、こんなもんでいいだろう。ひと玉持っていけ」

亮がそうあごでしめしたのは、牀のうえに並べられた真綿である。夏のあいだこつこつと、蔟に付着した繭の毛羽糸の一部をくすねて集めていたらしい。それらを綿にして、こうして内密に売買しているのだ。対価は支給されたばかりの米である。

才里はふかふかの真綿に手をのばそうとして止め、「待って」と腕組みをした。

「この綿、ずいぶんふくらませてあるじゃないの。これじゃ綿入れを一着つくるには足りないわ」

「足りるだろ。絹でつくる真綿はふつうの綿よりあたたかいぞ。それともなんだ、もうひとつ買うか？」

「ひとの足もと見て……このドケチ！」

「だから言ってるだろう、清廉潔白では生きていけん。この織室で、毎年冬のあいだに何人死ぬか知っているか？　凍死、飢え死に——俺はごめんだ」

ぐう、と才里がうなる。

亮は馬鹿にするように鼻を鳴らして、それから桃花を見た。

「で、米粒猫はどうする？」

「わたくしは、藁か布くずがほしいのですけれども。夜、壁や床板から入りこむ冷たいすき間風を防げるようなものが」

言うと、亮は牀のかげから麻袋を取りだした。

「ほらよ。布くず、糸くずだ。代金は米五合だな」

「ちょっとあんた、こんな塵くずに五合も取るわけ？」

才里は憤慨したが、亮は「ならすきま風に泣きながら寝ろ」とすげなく言う。桃花は泣きたくないので、代金を払って麻袋を受けとった。袋にはぎっちりと布くずなどが入っていたが、房の壁や床のすき間すべてにつめるには足りなそうだったので、結局もう一袋を贖った。

「鬼畜」

「聖人のまちがいだろ。ああ、米粒猫、これに泥を足して使うと効果が高いぞ。あと、米の管理には十分気をつけろよ。飢えた連中に盗まれないようにな。……俺はほんとうに聖人だな！」

「ありがとう存じます」

「存じませんわよ、桃花。こいつあたしらを食い物にしてるんだから。行こ行こ！」

才里が桃花を引っぱるような形で、亮の房を出た。

機嫌がおさまらないのか、才里の足音は大きい。

「ほんっと頭にくる！」

「才里」

「わかってる。わかってるのよ。亮は冬越しに必要な物を知ってるから、冬に向けて、夏のあいだもずっと毛羽だの布くずだのをこつこつ集めていたのよね。それは賢いわ。でもゆるせない！　支払いは米のみだなんて、足もと見すぎだわ！」

「先月も今月も俸給の七割が銭払いでしたから、亮さまだけでなく、みな米が欲しいのですわ」

桃花たちの俸禄は、半分米で半分銭で支払われる時もあれば、全額が銭である場合もある。しかし銭は食べることができないので、そうなると米の値うちが上がるに等しい。なお、俸給の米は脱穀まえの状態で量るので、食べようとすれば六割にまで減ってしまう。

「あーあ、米は欲しいし、火鉢も恋しいわ。昭陽殿はあったかかったわよね。ここじゃちょっと重ね着したくらいじゃほんとに凍死しちゃう」

「侍女の特権、わたくしもすこし恋しく思います」

高級妃嬪の殿舎はつねに暖められている状態だった。貴人が暖かく過ごすかぎり、侍女も自然とその恩恵に与かれるのである。しかし下級女官となった身では、ぜいたくに木炭など焚けるはずがない。

「うー、さむっ。なんかね、厨の女官に小銭をにぎらせると、煮炊きのついでに石を焼いてもらえるらしいのよ。それを温石にするっていう手もあるらしいわ」

「温石だと、一日百個ぐらい欲しいところですけれども」

寒さに指先を揉みながら房にもどると、「おかえり」と紅子が迎えてくれる。紅子は贖ったばかりの布で襪を縫っているところだった。

才里も針を取りだして、急いで真綿入りの胴衣を縫いはじめる。起床し、掻きこむように朝餉をすませてから、始業の鐘が鳴らされるまでのわずかな時間が冬支度にあてられていた。

桃花は亮に言われたとおり、布くずに泥をまぜ、入念に壁や床のすき間につめる作業につく。もう夜中にすき間風の冷たさで目覚めるのはごめんだ。

「こんなに冬支度が大変だなんて、思いもよらなかったねえ。日が長いうちにやっておくべきだった」

紅子がため息まじりにつぶやいた。才里も「ほんとよね」と息を吐く。

「仕事が終わったあとじゃ、ごはん食べたらすぐ真っ暗になっちゃうし、かといって朝だけじゃ時間が足りない。あたしたち、のんき過ぎたんだわ。冬支度を冬にやっちゃダメなのよ」

三人とも、妃嬪に仕えることなく冬を越すのははじめての経験だ。用意が足りなかったことは否めない。

「梅婕妤のとこからどっと女官が流れてきたせいで、織室内での物価もあがっちまったしねえ」

「そうね……婕妤さまが亡くなったときに、見越しておくべきだったわ」

梅婕妤が薨去し、昭陽殿の女官たちはすべて織室などの労働部署へと異動となった。後宮一の寵妃・梅婕妤のもとで働いていたとあって優秀な者が多いのだが、今後は皇后の力が増すと予想されることから、引きとり手がすくなかったのだ。敵対勢力にあった女官たちを引きとることで、皇后の不興を買うことを危惧したのだろう。

おかげで織物の生産力はあがったが、彼女たちが織室で必要な品々を一気に購入したことで、さまざまな物品の価格が高騰してしまっている。もともと禁中での物価は外の数倍は高いので、辟易どころの話ではない。

「蔡美人、虞美人の女官選びは、きょうの午よね」

強い意志をみなぎらせて、才里が確認する。

蔡美人、虞美人、どちらも入内したばかりの側室だ。彼女たちの身辺を整えるにあたり、織室で女官の選出がおこなわれる。

桃花と才里は梅婕妤への配慮から、これまではそういった選考には欠席となっていたが、今回からは自由だ。

「狙うわよ、侍女復活への道！　いろいろ情報を仕入れてきたんだけど、蔡美人も虞美人も皇后派の家から入内したらしいの。つまりいま、勢力の流れは完全に皇后さまにあるわ。付くなら皇后派、皇后派の女官になるべきよ」

「ちがいない。目下の問題はあんたたちの『梅婕妤の侍女だった』って経歴だねえ」

「ぐうっ……やめて、それ言われると絶望的……！」

才里はがくりとうなだれた。梅婕妤の女官が避けられているのなら、桃花と才里もまた同様なのである。

それに才里はともかくとしても、自分が選ばれることはけっして無い——そう桃花は思っている。

もし桃花がどのような理由にしろ織室から引き抜かれてしまったなら、検屍の依頼にくる延明が困るからだ。検屍どころか接触するにも手間がかかるようになるのはまちがいなく、彼のことだから、その危惧に対してなにもしていないはずがない。あらかじめ、織室令の甘甘あたりに根回しがされているはずだ。

「あーあ、なんかこう、偶然のいい出会いってないかしら。皇后派側室のどなたかが、沼地に足がはまって動けないでいるところにたまたま通りかかったりなんかして、お助けして差しあげるの。それで感謝されて侍女に、みたいな」

「あったらいいねえ、って、こら桃花、泥をこねながら寝るんじゃないよ」

作業をしながらうとうとしていたら、紅子に鼻をつつかれた。

「……最近、夜あまり眠れないのですわ。寒くて」

「せっかくもらった毛布を盗まれちまうからだよ。もったいない」

「あれは、油断していました」

毛布とは、表向き〝例のいいひと〟こと冰暉からもらったことになっているもので、その実、延明から事件解決の御礼として贈られたものだ。毛織りの品で、体にぐるりと巻きつけて寝ると永久に眠っていられるくらい暖かかった。ところが、数日も経たないうちに盗まれてしまったのである。

紅子から「房を出るときは屋根裏に隠しておきな」と言われていたにもかかわらず、横着して臥牀に置いたままにしたのが原因だ。

「自分で冬越しの準備ができない連中ってのは、どっかからくすねてくるしかないからね、気をつけなきゃだめさ。米や銭は埋める。持ち歩けるものはかならず持ち歩く。徹底するんだよ」

「そうそう。いちいち取り出すのが面倒だなんて、横着したらだめよ。困るのは自分なんだから」

ふたりの言うとおりだ。桃花は悄然とした。おかげで、寒さに凍えて夜熟睡できないという最悪な日々を送っている。

「あ、そうだ。このさきもっと寒くなったら、三人で団子になって寝ましょうよ。すこしは暖かいはずよ」

桃花は才里の提案を想像してみた。三人で団子状にくっついて眠る……すこしどころかとても暖かそうだ。できれば今夜から実践したい。

「おっと、始業の鐘だ。織房にいそがないと！」

遠くに鐘の音がきこえて、紅子は縫いかけの襪を懐に入れて立ちあがる。桃花も才里に背を押されるようにして廡下にでた。機が置いてある織房は別棟だから、急がねばならない。

巾で手をぬぐいながら歩いていると、さきを歩いていた紅子にドンとぶつかった。

「あ、すみません」

謝ると、紅子がわずかに困惑顔でふり返り、すぐに前を見る。いつのまにか桃花たちの前に、高齢の宦官が立ちふさがっていた。

顔に見覚えはないが、そのうしろには延明の連絡係りである氷暉が控えている。たしか氷暉は表向きは織室丞の補佐であったはずだから、この老宦官が丞なのだろう。

「なにか？」

紅子が問うと、「宋紅子はいるか」と問い返されて、桃花たちは三人で顔を見合わせた。ふだんまったく姿を見せない織室丞が、紅子になんの用だろう。

「あたしですが……」

「よろこべ、異動だ」

え、と紅子は短く声を上げた。

「ご側室の田充依が、おまえを手もとにお引き取り下さる」

「田充依が？」

田充依は田が姓、充依が階級をあらわしている。名を寧寧といい、皇后の侍女であった娘だ。夏ごろから帝の僥倖を受けて懐妊していたが、あらたな側室を迎え入れるに先立って、ようやく充依の位を賜っていた。

「よかったじゃない、紅子。まえに参加した侍女の選考、いいとこまで行ってたんだものね。覚えていてもらえたのよ」

才里が言い、立ちつくす紅子の腕を軽くゆする。桃花も「おめでとうございます」と声をかけたけれど、本人は突然の報せにまだ戸惑っているようだった。

「なにをほうけている？　さっさと荷物をまとめ、二区に赴け。鳳凰殿が田充依のお住まいである」

「え……まさか、いまから行くのかい？」

「だから呼びにきたのだろうが」

織室丞は苛立たしげに言ったが、さすがに急な話だ。紅子とて、午からおこなわれる蔡美人、虞美人の女官選びには採用を狙って挑む気満々だったろうし、まさかそのまえに織室を去るなど予想だにしていなかったことだろう。

「荷づくりに時間がかかるほどの物持ちではあるまい。どうせ向こうでもいろいろお恵みがあるだろうしな。もたもたせぬように」

用件を伝え終えると、織室丞は踵を返す。

冰暉もそれについて行こうとしたが、自分の設定を思い出したのだろう。いったん立ち止まり、桃花にぎこちなく微笑みかけてから、小さく手をふって去って行った。冰暉にしてはがんばったほうだと、見送りながら桃花は思う。正直なところ、冰暉も桃花とおなじで演技が苦手だ。

それどころか、延明(えんめい)が投獄された際には華允(かいん)をめぐって意見が対立したこともあり、近ごろの関係はどこかぎくしゃくとしていた。桃花がどうこうというわけではなく、冰暉が桃花に対してばつが悪いと感じているようなのだ。

惜しむらくは、努力をしたときに限ってだれも見ていないことである。

紅子は才里と向かい合い、「どうしよう」をくり返している。

「あたし……」

「ちょっと、なに申しわけないみたいな顔してるのよ。あたしたち、紅子が選ばれてとっても鼻が高いわ。ね？　桃花」

「そうです。お祝いの品をなにも贈れないことが、唯一悔やまれるところですわ」

抜け駆けのように感じているのなら、それはまちがいだと言いたい。むしろ桃花のほうがひとりだけ延明から援助をうけているという、ずるい状況だ。桃花はそれを享受しながらも、ずっと後ろめたく思っていた。紅子が引け目を感じるところではない。

「さみしくなりますが、応援しておりますわ」

がんばってと声を掛け、三人でぎゅうっと抱きしめあう。

顔にあたる風は乾いて冷たく、抱き合う体はとても温かかった。

＊＊＊

死体が発見されたのは今朝、北門を出たさきにある畑でのことだという。

夜間は四か所ある城門が閉じられ、朝になると開かれる。死体で見つかった計雲回という男が門を出たのは、開門とほぼ同時であったとのことで、それから無残な姿で発見されるまでに一時（二時間）を要した。季節柄、朝いそいで畑に出る農夫がいなかったためだ。

発見時、あきらかに外傷が多く、また、大腿部に大きな切創があったことから、邑役によって近県への検屍官派遣がすみやかに要請されたとのこと。

正妻である春春は、夫でもあり家長でもある雲回がとつぜん不在となり、しかもその対応で手いっぱいいなかで太子を迎えることへの不安があったようだったが、もてなしを要するわけではないと伝え、滞在することとなった。

延明は飲食のたぐいなど、計家に負担の無いようぬかりなく采配をしてから、いそぎ死体発見現場へと向かう。早くしなければ、検屍官が到着してしまうかもしれない。だというのに、

「……さすがに言葉がありません」

足早に歩きながら軽く頭を抱えた。原因は、同行する男だ。

「冷静に考えてもみよ」と儀仗服に身を包んだ男は言う。「太子の儀仗兵にわざわざ危害をくわえようとする愚か者はいるまい。太子自身を害しようとする者よりも、よほどすくない」

ため息を押し殺そうとして、失敗した。盛大に息を吐いて、空を仰ぐ。——太子が、儀仗兵の姿で延明についてきたのだ。

もちろん、もっとも手練れの護衛をひとり伴っているが、それにしてもあってはならない状況である。だが断固として阻止もできなかったのは、押し問答をする時間が惜しかったからだ。

「……たしかに、正体さえ露見していなければ、わざわざ貴人を守ってもいない儀仗兵を攻撃してくる者はいないでしょう。ちょうどよい具合に、その武冠は顔のほとんどを隠してしまいますし、ええ、都合はよいやもしれません」

自棄になって言う。

「そのかわり、どうか目立たぬように黙していてくださりますよう」

「心得ている」

厳めしく言いつつ、どこか楽しそうだ。もしかしたらお忍び外出のような気分でいるのかもしれないが、これから視に行くのは死体である。大丈夫だろうか、と一抹の不安はぬぐえない。

とはいえ、宮城の外でくらいわずかな自由があってもよいだろうとも思いつつ、北門から外へと出た。

現場となったのは、門を出てすぐの畑とのことだ。

北門からは遠くに小山が望まれ、そちらへ向かってまっすぐに道がのびている。道の左右に広がるのが畑だ。鹵簿で眺めながらやってきた正門側の畑とは異なり、こちらは竹で組んだ柵にて囲いがされていた。藁も敷きつめられ、よほど大事な作物なのだろうとは思うが、葉や茎などは見あたらない。これがすでに収穫後なのか、それとも種をまいて春の芽吹きを待つものなのか、延明には判断がつかなかった。

「あれだな」

道のさきにひとの姿を認めて、太子が言う。

春春はこれから検屍官を正門で迎えるとのことだったので、道案内はいないが、目的の場所はすぐにわかった。なにせ、見通しのよい畑で数人が番をしている。遺体らしきは筵をかけられ、わずかに離れた地面に横たわっていた。まだ検屍官は到着していない。

「太子さまの使いのかたがた、でよろしいですかな?」

延明たちがそばに行くと、番をしていた邑人のひとりが確認してくる。

「事情はきいていますか？」

「はい、言伝(ことづて)がありましたので。太子さまは穢(けが)れも恐れず邑をお訪ねくださって、死体が片づくのを待っていてくださるのだとか」

声をかけてきたのは恰幅(かっぷく)のよい男。その脇にいるのが対照的に痩(や)せた老夫で、背後に控えているのが春春と同年代と思われる女だ。いずれも邑役だろうと思われた。

「ほんとうに、ありがたいことです」

女が恐縮したように頭を下げる。

それに同意しつつ、痩せ体型の老夫が忌ま忌ましげに「それにくらべて」と死体を一瞥(いちべつ)する。

「こやつ――計(けい)の家は、こうしてまたもや太子さまに迷惑をかけておる。これほど恥ずかしいことはない」

「遺体は計雲回(うんかい)、夏までこの邑を任されていた計家、その現当主ときいていますが？」

「さようです。金の亡者が肉体も死んだ、それだけのことです」

吐き捨てるような口調だ。

詳細を説明してくれたのは女だ。

「この計雲回の父親が、報酬に釣られて梅(ばい)氏のたくらみにのった主犯なんです。すでに死罪をうけて、計の家もお役目を外されましたが、やっぱり、ねえ？　計家のせいで邑全体が罪に問われるところだったんで、みんないい気はしてないんですよ。太子さまがご寛大でなかったら、いまごろどうなっていたか……」

　なるほど、と延明は軽く腕を組んだ。

　どうやらさきの事件に邑が加担した件が、大きく絡んでいるようである。

「しかし罪に問われなかったということは、この計雲回は梅氏の件には関わっていなかったということですよね？」

　延明が確認すると、三人はこれに微妙な反応を見せた。

「直接は関わってなかったのかもしれないけれど……」

「ああ。だからといって、計家が無罪放免というわけではなかろうという話です」

「計雲回の父がおかしなたくらみを運んできたせいで、それに加担した者が出たわけですからな。雲回の父をのぞいても十五人が死罪となりましたが、その家族のなかには計家そのものをうらむ者も多いでしょう。そもそも、計がそんな危険な策謀を運んでこなければよかったわけですからな」

「つまり逆恨みをされている可能性は高い、と」

　巫蠱事件に関連したこの邑の罪は、徹底的な調べがおこなわれたはずである。

なので主犯が雲回の父であったこと、そして雲回が無関係であったことはまちがいがないだろう。

しかし、それで納得する者ばかりとは限らないわけだ。

延明は、筵から力なくはみ出した、血まみれの腕を見やった。

事件に関連して死罪となった十五人、その家族が、計家に復讐をたくらむ可能性はけして低くはない。とくに死罪となった人物の子だ。子には、父親の仇をとるべき義務がある。

実際にはこの計雲回は仇ではないが、そう見做されたおそれはある。向けるさきの無い復讐心は、ときに暴走するものだ。

「それにしても、激しく争ったようだ」

太子がつぶやく。黙っていろと言ったのにと思いながら、延明も太子とともに遺体付近の畑を見まわした。

整然ととととのえられた畑が、このあたりだけすっかり乱れているのだ。

竹の柵が破壊され、畑の土がめちゃくちゃに踏み荒らされている。ていねいに敷かれた藁が吹き飛ばされ、掘りかえされたように黒い土がのぞいていた。

死者の腕も土まみれなので、犯人とここで乱闘にでもなったのかもしれない。

延明が筵に手をかけようとしたとき、「こちらです」と案内する声が耳に届いた。

ようやく検屍官のお出ましか、と思ったが、住民の案内で北門をぞろぞろとぬけてきたのは、いずれも下級役人や下僕らである。官吏の姿はない。

彼らはこちらに気がつくと、手揉みをしながらさっと足早に寄ってきた。

「これはこれは、太子殿下の従者さまでいらっしゃいますな？　話は出迎えの者らからうかがっております。ささっと片づけますゆえ、ご安心めされますよう」

「検屍官はどうしました？」

「太子殿下にごあいさつのあと、おいでになりますよ。さあさあ、穢れがございますゆえ離れて離れて」

太子へのあいさつは予期できていたことなので、影武者を置いてある。帳ごしに適当に応対をしていることだろう。心配はない。

下級役人らは遺体のそばでもうもうとサイカチを燃やしはじめた。サイカチは手の洗浄に使われるほか、焚いた煙は臭気や悪気除けとして効力を発揮する。

遺体のそばへとしゃがみこんだのは、もっとも貧しい身なりの男だった。仵作人だ。死体の埋葬を生業とする民である。

基本的に、宮廷の外において検屍官とは、州の獄官、あるいは県の軍兵をつかさどる官である。死体の専門家ではないため、仵作人を検屍助手として雇い、調べさせることが多いという。

「さあて、ではちゃちゃっと片づけちまいやしょうか」

「待ってください、まだ検屍官が……」

延明はあわてたが、件作人は特に意に介した様子もなく、「到着までに片づけますぁ」と筵をはぎ取った。

あらわれたのは、筵からのぞいていた腕と同様、血にまみれた男の遺体だった。

袴が無残にやぶれ、下腿には真っ赤に肉が露出するほどの深く大きな切創を負っている。頭巾ははずれ、乱れた髷もべったりと血糊で濡れており、頭部にも損傷があることが容易に想像できた。

姿勢は仰向けだったが、これは死した姿勢のままなのか、だれかが一度抱き起こすなりして動かしたものなのかはわからない。半分ほどうつろな目を開き、力なく口をひらいていた。

「こりゃあひでえ。執拗に襲われてらぁ」

「名前と年齢は？」

役人がたずねると、恰幅のよい男が「計雲回、歳は五十……いくつか」と答える。

正確な年齢はだれも把握していないようだが、籍を調べればわかるだろう。役人もそこはこだわらず、記録に筆を走らせた。

「死んだのは今朝ってところですなぁ」

言いながら、件作は遺体の衣を脱がせる。遺体には、大小いくつもの創があった。

「右下腿の裂創……いや切創が致命傷か。創口は鋭利。肉がひらき、皮が縮れていることから、生きているうちにつけられた創に相違ありやせん。出血甚だし。長さ四寸（約十センチ）、深さはもっとも深いところで二・五寸（約六センチ）」

作作は創に触れ、ときには指で押し開いたりするなどして検分する。それをおぞましいものを見るような目で忌避しつつ、役人が検屍の読みあげを記録していた。

「刃物で襲われたってとこですな。右下腿については凶器の刺入方向は不明。おっと、背面に創が多い。背部三個、長さ二寸弱のえぐれたような創、深部まで損傷。臀部も二個……これは浅く丸みのある刺創。幅一寸（三センチ強）ほど、深さは指のひとつめの関節が埋もる程度」

そこまで言い、作作人は「ははあ」としたり顔で鼻をこすった。

「創はどれも不斉一、こりゃ凶器は槍ですな。頭部の創は出血がすくないが、あきらかにとがった凶器で突かれたもんだ。左足は骨折して骨がちょいとはみ出てやすが、これは槍の柄で殴られでもしたんでしょうな。背後から襲われてまさぁ」

そう結論づけると、作作人は遺体に筵をかける。遺体を運ぶための荷車を手配したところで、ようやく遺体の妻である春春が先導して検屍官が到着となった。

検屍官は延明らに対して丁寧に礼をとり、それから焚かれたサイカチのかたわらに陣取った。それ以上は一歩も遺体に近づくつもりはないようである。

記入済みの死体検案書に目を通し、老夫らと春春を呼び寄せる。

「凶器は槍だ。この邑で槍を持っているのはだれかね？」

彼らは困惑したように視線を交差させた。

「ここは農夫ばかりで、槍など見たこともありませんが……」

「なにせ、鉄の農具すら貴重なありさまで」

「槍がない？　では、外部の者か」

検屍官は畑の周囲を見渡し、北の小山に視線を留めた。

「あの山にはだれか住んでいるか？」

「山でしたら、賊が住みついていることが。畑の作物を盗みにくるのです」

「だが最近はめっきり見かけんぞ。なあ？」

老夫が同意をもとめると、他の者もこれを肯定した。

しかし見かけないからといって、いなくなったとは限らない、というのが検屍官の見立てである。

「ここは門より外であるし、うろついていた山賊に遭遇して襲われた可能性もあるだろう」

たしかにそうだ、とみなが納得するので、延明は疑問を投げかけた。

「畑の収穫は終えているように思いますが？　わざわざ収穫物のない畑になんの目的

であられたのでしょうか。金銭目的でだれかを襲うなら、荷車を牽く者など、荷物のある人物を標的にするものでは？　金銭を持ち歩いているかもわからない相手に、これほど執拗に攻撃を加える必要はなかったのではありませんか？」

　すると、死体の番をしていた女は「よく見てくださいまし」と、乱れた畑を指さした。土がめくれたあたりに目を凝らせば、人の指ほどの太さの白い根が、黒い土にまみれてのぞいている。

「あれは人銜または人参ともよばれる薬草です。古くより水望の地は、宮廷にこの貴重な薬草をおさめるための地でもあったのです。人銜は収穫までにとても手がかかって、冬も最低五回はああして土のなかで越えなくてはいけません。山賊たちはこの薬草の貴重さを知らないのでしょうが、冬も採れる食料として掘り返して持っていくことがたまにありました」

「なるほど。納得しました」

　地上部は枯れているが、その下には貴重な薬草が眠っているのか。価値を知らない者から見れば、冬も手に入る野菜でしかないだろう。とはいえ積極的に略奪がされないのは、食料として美味なものではないからか。賊もどうせ奪うならば、米や家畜のほうを選ぶのだろう。

「検屍官、山賊の討伐命令をだしますか？」

下級役人が問うと、検屍官がちら、と一瞬だけこちらへと視線を向けた。意味を悟って、延明はすかさず断りを入れる。

「よいですか、殿下が望んでいるのは拙速な解決ではなく、慎重なる捜査です。結論を急く必要はありませんし、重ねて言いますが殿下はそういった配慮を望みません」

待たせている太子への配慮から、山賊討伐令を出して一件落着とされてはかなわない。

釘を刺すと、検屍官は小さくうなずいて討伐を却下した。さすがに拙速であることはわかっていたようだ。

「まず、この周辺をよくしらべよ。とくに、乱された畑のなかを。どうやら死人は襲撃相手とそうとうに争った様子。遺留物があるかもしれない」

検屍官は命じると、それから被害者の妻である春春へと向いた。

「この時期、農作業があったようには思えないが、おまえの夫はなぜ早朝に畑へ行ったのか？　だれかと会う約束があったなど、なにか行動に心あたりは？」

「さあ……約束があったかどうかはわかりません。ただ主人はここずっと、開門と同時に外へ出て、畑を見まわるのが日課になっていました。……太子さまへの罪滅ぼしだ、と」

検屍官が怪訝そうにするので、延明から梅氏との共謀の件をかいつまんで説明する。

死者・計雲回の父が梅氏とつながっていたこと、死者自身は関わっていなかったこと、しかし邑人のなかには計家自体を恨んでいる者がいるかもしれないこと。

春春はうなだれた。

「主人は、父親のぶんも償いたいと言っていたんです。太子さまに上等な人銜をお届けすることで、すこしでも罪滅ぼしになればと……。だから開門と同時に畑を見に行っていたんです。人銜は獣にも狙われやすいから心配だって」

「ばかばかしい！」

そう鼻で笑ったのは、老夫だった。

「そんなもの、贖罪のふりでないとどうして言える？　復讐されるのが怖くて、責任を感じている姿を演じていただけかもしれんだろう。殺されても文句は言えん」

計家に対してよい感情を抱いていないのか、この痩せ体型の老夫は終始このような態度をつづけている。

さすがに堪えかねたのか、春春は老夫をねめつけた。

「勝手に決めつけないでください！……それにお義父さんだって、邑を豊かにするために、苦渋の思いで梅氏の口車に乗ったんじゃありませんか。税ばかりがとられて生活が苦しい、もっと耕牛がいれば、農具があれば、みんなそう思っていた事でしょう⁉　きっと邑人の願いを叶えてやれるかもしれないと思って、思い余って悪事に手を染めてしまったんですよ！」

「あんなことはだれも望んじゃいなかった！」

「それくらいわかっています。だから命をもって償ったじゃありませんか。主人も、お義父さんの罪を背負って生きていく覚悟だったんです。それを殺されてとうぜんですって⁉」

「やめなさいよ、あんたたち！　お役人様の前だよ！」

女があわてて仲裁に入った。延明もちょうど目のまえにいたこともあって、老夫の肩をそっとおさえつつ諭す。

「よいですか。殿下を陥れた件についてはしっかりと調べが入り、関わった者はしかるべき断罪をうけたのです。死んだ計雲回が主犯の息子だからといって、それを私刑にする権利はだれの手にもありません。殿下が罪に問わなかったのですから、ほかのだれもこれに異議を唱えることとまかりなりません」

太子の使者である延明に言われて、さすがに老夫も黙して視線をうつむけた。

一見収まるかに思えた口論だが、怒りが収まらなかったのは春春だ。顔をゆがめ、低くうなるように言う。

「……だいたい、この殺しを太子さまの件と結びつけようとするのがおかしいじゃないの。あたしは知ってるんですよ、呂人」

「なにを……」

「あなた、主人にかなりの借金をしてたじゃないですか。何日かまえにもこっそり金の無心にきて断られてたの、厨から見てましたよ」

呂人と呼ばれた老夫は、目をぎょっとさせてたじろいだ。

春春はつぎに死体番をしていた同年代の女に向かって、怒りのまなざしを向ける。

「顔師氏、あなたの夫は太子さまの件に関わったと疑われていたのに、うちの主人の証言のおかげで放免となったんだったわね。もしかして、主人が死んで口をつぐんでくれたほうが、なにか都合のいいことがあったんじゃないの？」

「ば、ばかいうんじゃないわ！　誤解されたらどうするのよ！」

女はあせったように、検屍官や役人らの顔に視線を走らせる。のこりの男は何も言われなかったが、ただ恰幅の良い腹を揺らして右往左往するばかりだ。

微妙な緊張感が張りつめたところで、畑から「あ！」と声があがった。

「血だ、血がついてるぞ！」

叫び、下僕があわてたように何かを持ってくる。

竹だ。畑を囲う柵として使われていたもので、壊れてちらばっていたうちの一本だった。もともと地につき立てられていたもののようで、先端は斜めに切られて鋭利にとがり、埋まっていたであろう部分には黒く土がこびりついている。――その黒い土にまぎれるように、先端にはたしかに血糊が付着していた。

「槍は槍でも、竹槍でしたな」

悪びれもせず仵作人が言うので、あきれるしかない。そもそも、検屍で凶器が鉄槍か竹槍かの区別はつかなかったのだろうか。

――桃花さんなら、このような見落としはしなかった。

きっと創の形状で判断できたにちがいない。

検屍官も仵作人同様、そのあたりをまったく気にした様子もなく、ふむ、とあごを撫ぜ、

「凶器だな。雲回は早朝ここでだれかと揉み合いになり、竹柵に激突、柵は壊れ、乱闘相手はこのとがった竹を手にして凶器とし、突き刺した」

と仮定した。

「凶器を持参していないところから、山賊ではありえまい。犯人はおそらく邑の住民だろう。――くわしい調べをおこなう」

そう宣言して、検屍官が下級役人にまず指示を出したのは、ここにいる邑役のうち、呂人に対する聴取だった。

「ちょっとまってくだされ、なぜ儂が……！」

呂人は納得がいかないと抵抗し、延明にも聞かせていた『計家のせいで死罪とされ

た十五人のなかの家族が、仇討ちをおこなったのでは』という説を声高に叫んだ。

しかし検屍官は、「仇討ちであれば、はじめから凶器を用意して赴くだろう」と冷静にそれをしりぞけた。反対に、金の無心を断られてカッとなった、という状況のほうが、今回の状況により当てはまるとの判断だという。

「――なかなかできる検屍官ではないか」

太子が小声で感心したように言う。たしかに、発見された竹という凶器からの推察は妥当な線だろうと思う。検屍に関しては仵作人にまかせきりでまったく関わっていないのは問題だが、捕り方を率いる官吏としての判断は悪くないほうだろう。

――だが、いまひとつ腑に落ちない。

延明は眉をよせた。なにか釈然としないものを感じるのだ。とくにそれは、発見された凶器から感じるように思う。

ちらりと遺体に目を向ける。すでに筵が掛けられてしまっているが、大腿の大きな切創はしかと覚えている。すっぱりと切られ、大量に出血していた致命傷だ。

――竹であのように鋭い切創ができるだろうか？

たしかに竹槍も歴とした武器であり、殺傷能力を疑うところはない。

しかし、それで刃物と同等に切れるかといったら、それはまたべつ問題ではないだろうか。

延明は、発見された竹について詳細を調べている輪に加わった。仵作人が口径を測り、役人が記録している。一寸強だ。これは、臀部に二か所のこされていた刺創の幅とほぼ合致している。

それから仵作人は竹のするどい先端をとくと眺めると、うなった。

「……こりゃあ、髪の毛と頭皮だな」

言って、白い巾でぬぐい取る。土と血とともに布地にこびりついたのは、たしかに薄紅色をしたわずかな皮肉片のようなもの、そして黒褐色をした二本の毛だった。

「毛の長さ、半寸。色は……頭髪とほぼ合致」

「この毛髪はずいぶん短いですね。まるで赤子か異人のようです」

延明はついいつもの調子で口をはさんだ。

天子が治める世では、男も女も髪は切らないものだ。髪であろうとも身体を損なってはいけないからである。だからこそ頭髪を切り、剃り落とす『髡』という刑罰が存在する。髪を切るとは、それほどの行為なのだ。今回遺体の頭髪の長さは測られていないが、これほど短いということは絶対にない。

仵作人は延明の態度に困惑したようだったが、太子の使者を邪険にするわけにもいかなかったのだろう、「へえ」と返事をしてから手をすり合わせる。

「ひとの髪は長く見えて、そのなかに成長途中の短い毛髪を隠しておるんですな。これはそちらの生え途中のものが皮肉とともにこびりついたもんなんでしょう。ごらんなすって。毛先が自然でしょう」

たしかに、毛先は自然に細くなっており、切られたようなものではないことがわかる。

「頭にはとがったもので突かれた創がありますんで、これはその時に付着したもんでしょうな。攻撃を受けたのは臀部が先、頭部があとってことでさぁ」

「なるほど。では、竹をすこし貸してください」

竹をうけとり、至近距離にて検分する。

感じていた違和が、ますます強くなった。

「これは……頭部や臀部の創はともかくとしても、あれだけの凶行を犯したにしては、血痕の付着がすくなすぎるのでは？」

大腿の致命傷は、袴がひたるほどの出血で、攻撃を加えられた瞬間はかなりしぶいたはずである。

指摘をすると、仵作人はどう対応したものかと検屍官をうかがう。話をきいていた検屍官は、延明に向かってなにを言っているのかという顔をした。

「凶器ではないとおっしゃりたいのですかな？　しかし現実として血痕がついております。頭皮も毛髪も。臀部の創と竹の口径も合致しているのですぞ」

「頭部や臀部については疑問を差しはさんではいません。問題は大腿です。鉄槍ならばいざ知らず、竹でこのように、肉を刃物のように切ることが可能でしょうか？」

延明は言いながら遺体の筵を取り払った。あらわれた血濡れの亡骸に、検屍官は袖で口もとをおさえて後退る。反対に、創傷を間近でながめた延明は、違和感を明確なものにした。

「――やはり、これを竹槍の創とするのは無理がある」

「利伯、つまりそれは犯人が二種の凶器をもちいたということではないのか。頭部と臀部はとがった凶器で突かれた創であり、大腿が刃傷ならば、そういうことであろう」

　やや離れながら成りゆきを見守っていた太子が口をはさむ。

延明は頭のなかで凶行を想像してから、首を横にふった。太子は納得しない様子なので、説明を加える。

「よいですか、それですと流れはおおよそ次のようになります。雲回と犯人が乱闘になり、柵が破れ、畑でもみ合いになる。犯人は竹をひろい、突き、凶器をわざわざ持ち替えて、隠し持っていた刃物で切りつける」

「なにが悪い？」

「犯人が刃物を持っていたなら、そもそも竹を武器とする必要が無いではありませんか」

「刃物での攻撃がさきであったのだろう。しかしなんらかの理由にて使えなくなり、しかたなくその場にあった竹に持ち替えた」

自信ありげな表情であり、また不謹慎だが楽しげでもある。太子は昔から、こういった問答が好きだった。

しかし、延明はこれも否定した。

「刃物での攻撃が一撃目であったならば、その受傷箇所が大腿であることには大きな疑問が生じます。刃物をわざわざ携帯していたのでしたら、明確な殺意があったのでしょう。それを襲撃の一撃目に、大腿を狙いますか？」

ふつう振りかぶり、頭部や首を狙うだろう。狙いがそれたとしても、大腿ではなく上半身に受傷する。あるいは相手が頭部をかばえば、腕だ。

太子は一瞬むっとした表情を見せたが、すぐにつぎを繰り出した。

「犯人が複数であったという仮定はどうか。刃物を持った犯人と、竹を手にした犯人とで、ふたりだ」

「可能性としてはあるでしょう。または、刃物をはじめに手にしていたのは死者のほうである可能性も」

そんな、と寿の春春が非難の声を上げたが、創の形状が二つある以上、やはり可能性としては捨てきれない。

刃物を持っていたのは死者・雲回(うんかい)のほうで、襲われた何者かが竹を手にして反撃、ついには刃物をうばい、倒れた雲回の大腿にふりおろす――。

延明はあらゆる可能性を思い浮かべながら、遺体をうつぶせにして、背部と臀部の創(きず)を再度よく確認した。

無残な創だ。即死ではないぶん、恐怖と痛みにのたうち回ったことだろう。

哀れな、と思いすがめた目が、ある一点に釘(くぎ)づけになる。

「どうした、利伯(りはく)？」

太子が尋ねてくる。が、延明は「すこし待っていてください」とだけ答え、思考する。先入観を捨て、死体状況だけを考える。死体にのこされた創(きず)が起きたことのすべてだ。

そうして思いついたひとつの可能性に、空唾(つば)をのむ。

「……春春。あなたの夫は早朝出かける際、なにか武器になるものは持って行きませんでしたか？」

「え、あ、はい。大きめの石をいくつか……」

なるほど、と疑問が徐々に瓦解(がかい)していく。

石は武器だ。鍬(くわ)では短いが、石ならば距離を保ったまま攻撃することができる。

実際、砦(とりで)では羊頭石(ようとうせき)といって、大石を武器として備えておくという規定も存在するほどだ。死者・計雲回は、畑に獣がいたら石で追い払うつもりだったのだろう。
延明は遺体に莚をかけ、役人が用意してくれた水桶でサイカチを用いてよく手を洗い、立ちあがる。

「検屍官、聴取されている呂人の解放を。彼は無関係です」

「なんですと？」

「この凶行の犯人がわかりました。いいえ、言いかたを変えましょう。この件に、『犯人』などというものは存在しないのです。竹も凶器ではありません」

言うと、仵作人はハッとして「そういうことにしろってことですな！」としたり顔をするので否定して、詳細を説明する。

「よいですか、斜めに先端を鋭く尖らせた竹で刺しても、先端自体は丸くないのだから、丸状の刺創にはならないはずです。口径が一致していても意味がない。ゆえに、この竹は凶器ではないのです」

臀部は浅い創であるので特にそうで、刺さったのは斜めにとがった先端のみであったはずだ。せいぜい半円のような欠けた形でなければ合致しない。

「しかし、犯人などいないというのは……？　争い乱れた形跡についてはどのように説明されるおつもりか」

検屍官は不審顔だ。

延明は重ねて告げた。

「――これは事故であると、私は考えます」

＊＊＊

「おめでたいことなのに寂しいって思っちゃうの、なんだかちょっと自己嫌悪に陥るわよね」

とつぜん紅子が引き抜かれてから、早三日が経った。

仕事を終えて帰ってきた五人房には、桃花と才里のふたりきり。屋外を吹きすさぶ寒風と、それによってがたがたと鳴る戸板の音がよけいにさみしさを助長する。

「妬ましいと思わないところが才里のよいところだと思いますわ。むしろ、三人で団子になって寝られなくなってしまったことを嘆いているわたくしこそが、自己嫌悪です。紅子さんは湯たんぽではありませんのに」

「ううん。人間は湯たんぽだわ。そして生きるためには湯たんぽが必要よ。さみしいけど、あたしたちふたりでくっついて寝ましょ」

髪を梳っていた手を止めて、才里が手招きする。

「あ、わたくしの臥牀のほうが暖かいかと。綿敷きをいただきましたので」

夕餉の前に、氷暉が運んできたものだ。

長く留守にしていた延明が帰ってきたのだという。その土産であるとのことだった。

「まあ！　あいかわらず援助が太いわね。うらやましいわ」

うらやましいと言いつつ、やはりそこに妬ましさの気配はない。こういう才里のさっぱりしたところが居心地よく、好ましいところだと思う。

冷気除けの帳をおろして、才里とともに臥牀に横たわる。身体に掛けるような物はないので、ありったけを着こんでいてお互いにもこもこだ。着ぶくれ同士がくっつくと臥牀はかなり狭かったが、その狭さが暖かいように感じる。

「……あたしたちも、なにか機会が転がってたら引きぬいてもらえるようにがんばらなくちゃ。ってまあ、こういうことって運任せにはなるんだけどもね」

言ってから、きゅ、と桃花の手をにぎる。

「あんたもいい？　ぼんやりしていちゃだめよ。あたしを蹴落としてでも――って、ん……なにこれ？　痛いんだけど」

もそもそと才里は身じろぎし、それから綿敷きをめくりあげ、暗闇になにかを取りだしてみせた。

「丸くて、つるつる……よく磨かれた、うーん、木？　木牌？」

寝落ちしかけていた桃花は、そういえば、とぼんやり覚醒する。木牌といえば、心あたりがある。延明が勝手において行った『度朔山の虎』が彫られた木牌だ。放置していたが、綿敷きの下に入りこんでいたのか。

はい、と手ににぎらされたので、とりあえず頭の上のあたりに置いておく。これはたしか、悪夢対策のお守りだった。

――そういえば……。

桃花はぼんやりと目を開けた。

――そういえば最近、おじいさまの夢を見ていないのでは……？

尊敬する祖父が父に殺され、父が検屍官を買収したあの日から、幾度もくり返し見てきた悪夢。

「……お守りのせいでしょうか」

「え、なに？」

「なんでもないれふ」

大きなあくびをしながら答え、目を閉じる。それに、きっとちがう。

くり返しくり返し祖父の死体を夢に見たのは、桃花がずっとあの日のできごとに囚われてきたからだ。

父をゆるさない。

祖父の無念を晴らす。

そのために、検屍官となるのだ、と。

それが、なにもできなかった無力な自分にできる唯一の罪滅ぼしだと、そう思っていたからだ。

けれどもそうしてみずからに課したものは重く、果たすことはあまりに困難で——桃花は背負ったものと現実との狭間でずっと、自分でも気がつかないあいだに苦しんできた。

それを救ったのが、ほかでもない延明だった。

桃花のことを『後宮の検屍女官』だと言い、それだけでなく、祖父の無冤術を国中に広めることで、多くの民を助けてくれるのだという。あのとき、肩に載せていた重責が軽くなった気がした。きっと、この背に負っていた半分を延明が引きうけてくれたのだと、桃花はそう思っている。

いまや桃花に悪夢は必要なくなった。過去から解き放たれたから、見なくなっただけなのだ。

暖をもとめてすり寄ると、才里も体を丸めて桃花にくっついた。そのままじっとしていると、徐々にたがいの体温がじんわりと染みてきて、一気に夢の世界にいざなわれる。

心地よい。ひさしぶりに熟睡ができそうだ。そう意識の片隅で思った瞬間、戸口をコンッと叩く音がきこえた。

一瞬で、延明の呼び出しだろうと察する。きょう、掖廷に帰ってきたと氷暉からきいていたから、たぶん復帰のあいさつだろう。

――でも、眠……。

だいたい、なぜいまなのだろうか。ちょうど気持ちよく眠りに落ちようとしていたのに、間が悪すぎる。

あしたとか、あさってでもいいはずだ、と桃花は固く目を閉じた。帰還して早々に検屍でもあるまいし、急ぐことはない。

焦れたのか、もう一度コン、と音が鳴る。

動こうとしない桃花のかわりに、才里がむくりと顔をもたげた。

「ちょっと桃花。これたぶん、あんたの〝いいひと〟でしょ」

「……わたくし、才里から離れたら凍死してしまうかもしれません」

「なにいってんの、まだ冬はこれからよ。こんな序盤に凍死してるようじゃ困るわ」

「困るからこそ、離れたくないのですけれども」

しがみつこうとしたのに、「いいから行きなさい」と無慈悲に蹴落とされた。

しぶしぶ桃花は這いながら房を出る。……それに、ひさしぶりに延明の顔を見るのも悪くはないかもしれないとも思う。

もそりと這い出てきた桃花にぎょっとしながらも、冰暉は桃花を立たせ、そのまま背を向ける。ついてこいということだ。

あとは一瞥もされないまま案内されたのは、彼の房のまえだ。冰暉が周囲の警戒についたので、手早くなかに入った。

「桃花さん、こちらへどうぞ」

がらんとした薄暗い房のなか、小さな几を前に、延明は待っていた。

桃花がまじまじと顔を見つめると、一瞬たじろいだものの、すぐにいつもの微笑を浮かべて桃花を招く。

「さすがにひさしぶりとあって、見惚れましたか？」

「いいえ。大分顔色も回復なさったようだ、と。安心いたしました」

内廷を発つ前に、しばらく実家に里帰りするのだとはきいていた。毒に倒れ、まだこけた頬も回復していないころだったから、だいじょうぶだろうかと心配していたのだ。

健康ではない身体で実家に帰り、つらい思いをすることはいっそう回復を遅らせるのではないか。そう案じていたのだが、杞憂だったようだ。

延明に勧められて、几をはさんで腰をおろす。

几には小さな甕と匙、そしてふたつの器があった。延明は「土産です」と言い、甕のふたを開ける。独特な甘い香りは蜂蜜（はちみつ）だ。なかにはなにか、根菜の薄切りのようなものが漬けられている。

「人銜（にんかん）の蜂蜜漬けです。――って、そんないやそうな顔をしますか……」

「お気持ちだけいただいておきますわ。たいへん滋養高いものですので、延明さまが召し上がるのがよいと存じます」

人銜といえば高級生薬だが、独特の苦みがあることは知っている。苦いものは苦手だ。

「まあ、そう言うだろうなとは思っていましたが」

延明はため息をつきつつ、桃花には蜂蜜だけをお湯で割ったものを出してくれた。これだけでも、ずいぶん薬効があるらしい。

一口すると、蜂蜜特有の香りと甘みが口にひろがる。ほんのわずかに人銜独特の苦みを感じたが、この程度なら平気だ。蜂蜜か人銜の薬効か、それとも単純にお湯のおかげか、体がほんわりと温かくなる。

「とてもおいしゅうございます」

桃花はほう、と息をついてから、あらためて延明に拱手（きょうしゅ）する。

「言うのが遅くなってしまいましたけれども。――お帰りなさいませ、延明さま」

「ええ、本日もどりました。またよろしくお願いします」

笑んで、延明も蜂蜜のお湯割りに口をつける。が、桃花がまたしてもじっと見つめていることに気がついたのか、軽くむせた。

「……な、なんでしょう」

「いえ、さきほども申しましたけれども、延明さまは人銜のほうをどうぞ召し上がってくださいませ。お体の回復を助けますわ」

「私もあまり苦いものは好まないのですが」

「良薬は口に苦しと申しますでしょう？」

「どの口が言うのかという思いなのですが」

嘆息して、それでも延明はふた切れほどの輪切りを口にした。もっと食べたらいいのに、と思っていると顔に出ていたのか、「これ以上は鼻血が出そうです」と苦笑いを浮かべる。

それからふたりは、風の音を聴きながら蜂蜜湯を味わった。

ぽつり、ぽつりと尋ねるのは、延明が掖廷に帰ってきてからのことだ。華允たちは元気か、仕事が山積みになって待っていたのではないか、そんな話だ。故郷はどうだったかなど、延明の実家に関わる話題は彼も口にしなかったし、桃花も尋ねなかった。

ただ気になったのは、延明のわきに置かれた巻子だ。冊書をまるめて束ねてある。延明は桃花の視線に気がついたのか、手に取り、まとめてあった紐を外すと、そのまま桃花へと差しだした。

「じつはちょっと、桃花さんに確認願いたい案件がありまして」

「拝見いたします」

からからと開く。木でつくられた木簡(もっかん)ではなく、細く裂いた竹に文字を書きつけた竹簡(ちくかん)だ。

「――これは、死体検案書ですわ」

「ええ。帰路に寄ったさきで死体に行き当たりまして」

延明は、要点をかいつまんで説明してくれる。

早朝、畑で血だらけの死体が見つかった。死体には複数の打撲や骨折、そして丸い刺創があったかと思えば、すぱっと刃物で切られたような深い切創などがあり、周辺は畑の柵(さく)が壊れ土がめくれているなど、何者かと激しく争った様子がのこされていた。また、現場からは血と頭皮、死体と合致する色味である黒褐色の毛がついた鋭い槍(やり)状の竹が発見され、はじめは凶器と目されたという。

「しかし私には、これが凶器であったとは思えませんでした。死体にのこされた形状と合致しません」

「ええ、わたくしもそう思います」

検案書を見て桃花も言う。不一致はあきらかだ。

「ですので……これは獣、野猪（イノシシ）による死亡事故であったと考えました。ちがいますか？」

延明（えんめい）は言い終えると、緊張した様子で蜂蜜湯を飲み干す。

「この件、すでに延明さまの見解にて処理を？」

「いえまさか。処理までできるほどの自信があったわけではありません。ただ猟師を手配し、創（きず）と、竹のさきにのこされていた毛とを鑑定してもらうよう意見を申し述べてきました」

猟師の手配に時間を要し、結論が出るまでは滞在できなかったのだという。

「私としても口をはさんでしまった以上、誤りではなかったかがどうしても気になりますので、念のため桃花（とうか）さんにもご意見をいただきたく思いまして」

無闇に攪乱（かくらん）しただけであったらどうしようかと、気がかりだったのだろう。

桃花は甕や器をどけて、延明にも見えるよう几（つくえ）の上に死体検案書をひろげた。

「わたくしも、延明さまの考えに異存ございませんわ。竹の柵が破壊されていたのは乱闘によるものではなく、イノシシの被害でしょう。畑が荒れていたのも、イノシシが掘り返していたからではありませんか？　死体の所見で言えば、ここです」

桃花は死体検案書の『臀部（でんぶ）の刺創』を指さした。

「この刺創と思われた丸い創は、イノシシの牙痕（きばあと）でしょう。臀部二か所とのことですので、左右の牙ですわ。つぎの検屍ではこの間隔についてきちんと計測をし、背部の痕と臀部の痕とで比較してみる作業をおこなうとよいかと存じます」

延明がほっとしたように息をつく。

「けれども桃花さん、私がずっと気になっているのは、この大腿部の深い切創です。肉厚の庖丁や鎌で切ったとも思える状態で……」

「問題ございません。イノシシの牙をじかにご覧いただくとよくわかるのですけれども、雄イノシシが有する下顎の牙は刃物のようになっているのですわ。突進してきて突き刺し、猛烈な力にてしゃくりあげますので、深い切創となることがめずらしくありません」

とくに雄イノシシだと、丁度男性の大腿あたりに牙の高さがくる。肉が深くえぐれる場合と、今回の案件のように厚い刃物で切られた切創のようになる場合とがある。大腿には太い血管があるので、一撃目で致命傷となりやすい。

そして動けなくなったあともなお攻撃はつづくので、頭部や背部にも牙痕がのこる。

「骨折に関しては直に見てみないとなんとも申せませんが、打撲は突きあげられたあと、地面に叩きつけられた際にできたものでしょう。竹は、被害者がイノシシに抗うために使用した物ではないでしょうか？　イノシシの体毛は硬くて長い外側の毛と、比較的やわらかな内側の毛との二重構造となっておりますので、付着していたのは内側の毛かもしれません。ご遺体の頭髪と色味が似ていたとしても質が異なるでしょうから、これは猟師のかたが確認すれば判明いたします」

だから延明の見解がどうであったにせよ、猟師を手配したのは正解だったと思う。

そう伝えると、延明は「よかった……」と吐息のようにつぶやいた。

冬の入り口となる季節だというのに、うっすら汗までかいている。

「緊張しました。あやまった口出しであったなら、と……ずっと不安でしたもので」

延明はうしろ手をつき、天井をあおいだ。

「桃花さんは、いつもこのような重責を背負っているのですね」

「責任を感じることは重要なことです。そのぶん軽々な決めつけが無くなり、慎重になりますもの」

けれども、それと等しいくらいの自信を持ちなさい。

祖父は口癖のようにそう桃花に言いきかせていた。自信を持て。その自信を裏打ちするのは、絶対的な努力にほかならない、と。そうして祖父自身、あらゆる技術や知識を集めては、時間を惜しんで学んでいた。なかには獣害に関する調査書もあったのを、桃花は覚えている。

「この時期、イノシシは繁殖期なのです。非常に攻撃的になりますので危険なのですわ」

「あぁ、おそらく被害者は興奮したイノシシを、さらに刺激してしまったのだと思います。投石を用意してだいじな畑を見まわっていたようですので、追い払おうとしたのでしょう」

そうして襲われ、被害者は竹を手にして必死に身を守ろうとしたのだろうと延明は話す。

それからもう一杯ずつ蜂蜜湯を飲んだ。

暇をしようかというころになると、延明はもうひとつ甕を取り出す。かと思うと、ずいと桃花のほうへと押しつけてきた。こちらも人銜の蜂蜜漬けの匂いがする。

「食べ差しを贈るわけにはいきませんし、手つかずのこちらをどうぞ」

「……こんな高級なものはいただけませんわ」

「棒読みですし目が死んでいますよ。——苦手なのは承知していますが、受けとってください。じつは産地に寄ってきたのですが、友人からふたつも持たされてしまって困っているのです」

高級生薬の甕をふたつとは、ずいぶん裕福な友人を持っているようだ。

「美容にもよいですし、桃花さんのご友人も欲しがると思いますよ」

「たしかに、いただけば才里はよろこぶでしょうけれど……」

薬効高いものは自分だけでなく、才里にも口にさせたい。けれどもさすがに値が張りすぎる。いまのところ冰暉が桃花の支援者と思われているが、怪しまれてしまうだろう。

「掖廷のみなさまと召し上がってはいかがでしょう？」

「逆に、滋養をつけろと大量に食べさせられてしまう気がしています」

それもそうだ。みな、延明が死にかけたことを忘れていない。桃花とて、基本的には延明が自分で食べればいいのにと思っている。

桃花は迷ってから、折衷案を出すことにした。

「では、こういたしませんか？ 延明さまとお会いするときは、必ずこれをふたりでいただくのです。わたくしは蜂蜜湯を、延明さまはそれと輪切りを数切れ。きっとすぐに無くなりますわ」

延明はまばたいた。

「……すぐに無くなると、ほんとうにそう思いますか？」

言って、甕をふたつ並べてみせる。どちらも子どもの頭ほどの大きさはあるが、大したことはない。

「ええ。だって、延明さまとわたくし、しょっちゅうお会いしているのですもの。これからも幾度となくお会いしますし、問題ないと思いますけれども」

延明は困ったような、よろこんでいるような、なんとも言えない表情でくすりと笑った。

「そうですね、そうしましょう。十年かけてでも、ふたりで最後のひと匙まで、ともにいただきましょうか」

「十年かかりませんわ」

延明がさきに立ちあがり、桃花に手を貸してくれる。着こんでいるので座ったり立ったりが一苦労だ。

「……ところで桃花さん。つきましては、織室からそろそろ異動など、ご検討いただけませんか？」

「やはり織室ではあつかいにくいでしょうか」

「正直申せば。梅婕妤がいたころとは状況も変わりましたし、侍女としてよい配属先を紹介できると思います」

桃花を寝てばかりの老猫と評したのはたしか延明だったと記憶しているが、その老猫女官によい配属先とは……。だいじょうぶなのだろうか。

「もしご友人をおいて行けないのでしたら、一緒でも。というかむしろ、そのほうが侍女としては戦力になるのではと思っていますが」

「……才里に確認してからのお返事でも？」

「待っています」

最後は軽い拱手で見送られて房を出た。

＊＊＊

延明は見張りをしている氷暉に合図を送り、出てもよいとの確認が取れるのを待ってから、すばやく房を、そして織室を出た。

自室に着いたらすぐに寝ようか――そう考えていたのに、大きく遠回りをして路門に寄ることになったのは、太子からの呼び出しがあったからだ。

「このような時間に呼びつけてすまないな」

いえ、と面を上げる。

たしかに〝このような時間〟ではある。掖廷から織室まで行き来している延明が言うことではないが、とうに路門の閉門時刻を過ぎていた。梅婕妤という脅威がいなくなったからこそできる芸当だろう。

「早馬で連絡がきた。猟師の鑑定で、やはりイノシシであったと判明したそうだ。手柄であったな」

「手柄だなど、恐縮です。それより、わざわざ馬を置いてこられていたとは」

「結末が気になるであろう」

たしかにそのとおりだ。延明など、あまりにも気になるので桃花に確認をしてきたところだった。

「動機がありそうな者はいくらでもいたゆえ、おまえがいねば危うかったやもしれぬな」

「しかし、あれが世では日常ということでありましょう」

検屍官はあくまで捕り方の役人であり、死体の専門家ではなく、穢れに触れず知識を持たない。助手である作作人は死体をあつかう専門家ではあるが、役人ではないので責任を持たない。

内廷では、件作を雇わずとも穢れをあつかえる下級宦官がそのまま検屍官となっているので、この問題点を意識したことがなかった。

それにもっともよく知る検屍官が、あの桃花であったことも原因だ。

——桃花さんが理想の形ではあるが、そのためには検屍学を確立すると同時に、地方役人の制度改革が必要となるか……。

想像以上の大事業だが、やらねばならない。

延明が決意を固めていると、「あの先払いもなんとかせねばならぬな」と太子が言う。

「農閑期だからまだよかったが、繁期であったなら作業の手を止めねばならぬは、これほどの迷惑はなかろう。優先されるべきは五穀をつくる農民であるべきだ」

「秩石二千石以下の先払いを禁じましょうか」

「卿以上を可とする」

まるで玉座から発布するように言うので、延明は苦笑する。

しかし少年であったころ、これはふたりでよくやった遊びだった。国土を論じ、制度を論じ、法を論じた。理想の国を語り、大人の目を逃れてこっそりと玉座と臣下ごっこにあけくれた。

「……懐かしゅうございますね」

「そう昔のことではない」

どこかすねるように言い、それから太子は供になにかを視線で命じた。

供の者が取りだし、延明のまえに掲げたのは、一巻の冊書だった。

「おまえの私物を、供がまちがえて東宮に持ち帰っていたようだ」

「あぁ、これは……私もすっかり忘れておりました」

丁がかつて記した、あれだ。

受けとりながら、もしや中を見ただろうかと太子の表情を確認する。すまぬ、とかすかな声がきこえて、悟った。

「……おまえの仇討ちの機会をつぶしたのは余だ」

「おっしゃる意味がはかりかねます。仇討ちの機会を逸したのは私自身です。いくらでも時間がありながら、思い至りもしませんでした。孝が足りなかったということなのでしょう」

「ちがう。おまえが思いつくまえにと、百官に中常侍への追及を急がせた。孫家が被った冤罪が判明してからは、関係者の処刑をも急がせた」

なぜ、と延明はただふしぎに思った。恨みはしない。仇討ちなど、延明はきっと何年経っても思いつかなかった。けれど、なぜ太子はそこまでしたのか。

「……もしや、私を守るためですか」

仇討ちはせねばならぬが、だからといって仇を討てば殺しである。減刑はされるが無罪放免ではない。それを覚悟して仇を討つことに意味がある。

だが太子は、延明が仇を討ち、受刑することを防ごうとしたのだ。延明の身を守るために。これ以上の受刑をさせぬために。

「……なんと愚かな。――いいえ、私自身の話です」

延明は苦く笑って、太子の前にて揖をとり、膝をついた。

「友であり、わが君主。この身を以てつくすこと、あらためて二心無き忠誠をお誓い申しあげる」

「利伯……いや、延明と呼ぶべきなのか」

「ご随意に。どちらも私です」

深々と拝礼する。形ではなく、心からの礼だ。

延明を守ろうとする者は、助けようとする者は、掖廷で築いた友人や部下たちだけではなかった。それよりまえから変わることなく存在していたのだ。延明の心が凍り、あまりに濃い靄によって覆われ、隠されながらも、ずっと。

――羊角。姓は羊角、名は莽。……羊角莽。

あの冊書を読んでからの帰りの道中、ひとりだけ心に刻んだ名があった。

祖父の冤罪のもととなった殺し、その事件を担当した検屍官の名だ。

すでに処刑は済んでいるが、それでも一族がどうなったか、よもや繁栄などしてはいまいか、調べようかとも思っていた。

非常にめずらしい姓であるから、すぐに調べはつくだろうと。

――だが、忘れよう。

孝行者の態度ではないだろう。けれど、知ったところでもう、延明にはなにをするつもりもない。

孝ではなく天命に生きるのだと、延明はそう誓った。

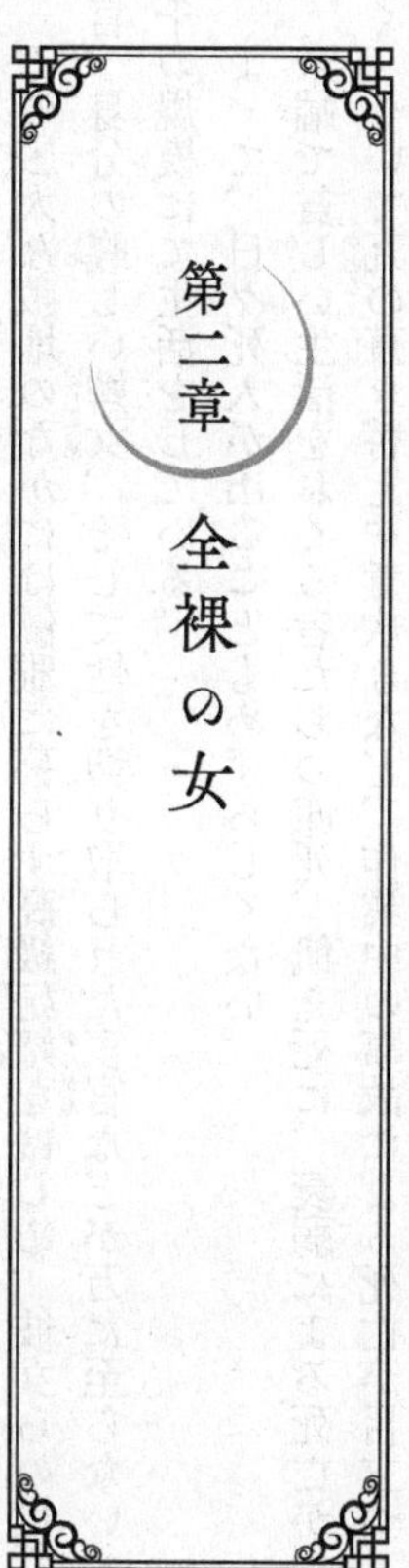

第二章　全裸の女

大光帝国の後宮は、最盛期より規模が大幅に縮小されたとはいえ、周囲を取り囲む城壁の長さはいまだ十余里にもおよぶ。

その広大な敷地のなかには優雅に暮らす高級妃嬪をはじめ、彼女らの世話をする女官、身分の賤しい婢女、そして性を切り取られた宦官などが万に至らないまでも、数千の規模にて生活をしている。

よって、日々死人が出ることもめずらしくない。

末端で貧しい生活をおくる者たちの凍死、飢え死に、衰弱による死亡がもっとも多く、ついで瓦の葺き替えや煮炊きなど、作業中の事故による死亡が目立つ。伏魔殿といえども、あきらかな不審死というものは存外すくない。

いや、すくないはずだ——と掖廷署にて筆を執っていた延明は、副官の公孫によって届けられた一報にそう思わざるを得なかった。

「十二区の奥にて、全裸の女の死体を発見。殿舎からは離れ、ほとんど人の行き来もないような、区のはずれにある植え込みの陰です。身元は不明、強度に全身硬直し、四肢を投げだした仰臥の状態。検屍前ですが外傷はないと思われます」

「周辺に衣服は？」

「いまのところみつかっておりません」

復帰一日目にして、あきらかなる不審死の登場である。

「現在、まず身元について知る者がいないか調査を命じています。体つきからして肉体労働者ではありません。婢女ではなく、女官でしょう」

それには掖廷官ひとり、そして複数の員吏をあたらせているという。

「わかりました。公孫はもとの職務にもどってください」

現在、あらたな側室がふたり同時に入ったことで、その対応にあわただしい。不審死の調査も大事だが、後宮においては側室への対応がもっとも優先される。不手際があってはならないため、副官の公孫はその任から外せない。

公孫が中堂を辞してから、延明は華允を呼ぶように命じた。

これまで華允は筆記係りとしてほとんど延明のそばにいたが、秋に正式な掖廷官として登録され、職務についている。よろこばしいことながら、声の届く範囲にいないのはどこか妙な気分だ。

やがてやってきた華允は、襤褸をまとって痩せこけていた当初と比べると、すっかり見違えるようだった。背も伸び、肉がついた。表情も、まだまだ警戒心の強さと生意気そうな雰囲気が抜けていないが、大分まろやかになったように思う。

「華允がただいま参りました。……あの、延明さま？」

「また背が伸びたのではないですか？」

「きのうもお会いしたじゃないですか。きのうはひと月ぶりくらいでしたけど、一晩では変わりません」

「おまえくらいのときは一晩でもめきめき伸びるものですよ。反対に、八兆などは一晩で徐々に縮んでいきます」

澄まして言うと、華允がくすりと笑う。延明は「それに」とつづけた。

「正直、きのうは不在のあいだに積み上がっていた書きものの処理で、それどころではありませんでしたしね」

字の読み書きができる者は限られている。延明が不在のあいだ、華允たちも必死にこなしてくれていたようだが、限度があったのだろう。職務への正式復帰は本日からなのに、きのうは内廷に到着するなり、旅の疲れをいやす暇もなく筆を執ることになった。

桃花にあいさつができたのは、それがなんとか片づいてからのことだ。

「ところで華允、呼んだのは他でもありません。仕事を命じます。十二区で変死体が見つかった件は知っていますか？」

「いいえ」

「では、検屍官八兆とともに十二区へ向かい、死体とその周辺の詳細を調べてきてください」

華允は驚いたようだった。「おれでいいんですか？」とおずおず問い返してくる。

「掖廷官になったのですから、働いてもらわねば困ります。検屍以外の調査指示はすでに公孫が出してくれていますので、あとで引き継ぐように。この件はおまえを担当官とします」

はい、と返答する声が緊張している。延明は華允を安心させるよう、おだやかに笑んだ。

「そう構える必要はありませんよ。いままで私とやってきたことと大して変わりません。八兆も頼りになりますし、わからないことがあればいつでも助けます」

＊＊＊

「ちょっと桃花、起きてる？　寝たら死ぬわよ」

桃花の動きが緩慢になってきたのを察したのか、才里がすかさず声をかけてくる。

この日は大型の提花機ではなく、才里も桃花とならんで小型の斜織機で平織り作業についていた。

「起きていますし、そんな冬山での遭難みたいなことを……まだそこまで寒くはありませんわ」

けれども吐く息は白く、気持ちよく居眠りできないくらいには寒い。

春はまだかななどと思ったが、まじめに日を数えたら辛すぎるのでやめておく。

「ねえ知ってる？　来月の俸給も半分は銭で支払われるんじゃないかって話よ。お局さまによると、むかーしひどいときは銭どころか八割が巾布の現物支給だったこともあるんだとか」

「巾布……」

衣を仕立てるのには使えるが、食べることができない現物支給はきっと切実に困ったことだろう。

「もともとは植物ですし、布もよく煮れば食べられるのでしょうか……」

「ちょっと、ばか言わないで。それだったら蟻の巣をほじくって食べたほうがマシよ」

「才里は蚕のサナギを食べるのも気味悪がっていたではありませんか」

繭を煮た際に出たサナギは珍味として帝や妃嬪に供されるが、撥ねものは特別に織室の厨にまわされる。数が多くはないので付加料金を払った者だけが食べられるのだが、才里は見るのも嫌がっていた。

「そんなの、飢えたら話はべつよ。って言ってもまあ、さすがにそこまで危機的な状況じゃないと思うんだけどね」

「……危機的な状況ではないから、このまま織室で働いていてもよい、でしょうか？」

「桃花（とうか）？」

　桃花は意を決した。

　さきほどは言うか言うまいか悩んだあげく、寝落ちしかけてしまったが。

「あの、じつは、侍女として置いていただけるようなお話があるのですけれども。もしよろしければ才里と――」

「乗った！」

　非常に前のめりな返答に、頭のなかで色々な反応を予想して対応を考えていた桃花は、まばたいた。

「……さ、才里？」

「よろしければ才里と、って言ったわよね？　だから乗ったって。ちょっと、自分から提案しておいてなに困った顔してるのよ。なんでとかどうしてとか、だれの侍女、どんな伝手（つて）？　みたいな質問攻めにでもされると思ったの？」

「ええと、はい……そのとおりですわ」

「ばかねえ」

　タンタン、と小気味よくおさ打ちの音を響かせてから、あきれたように眉（まゆ）を上げる。

「あんたが持ってくるなら、ちゃんとした話でしょ。それに伝手についてさぐろうなんて、あたしがいまさら――」

才里は途中で言葉を切り、顔をあげて耳をそばだてた。

「なにか？」

「なんか騒がしい気配がする……。蟬女、みつかったのかしら」

蟬女とは、梅婕妤が亡くなったことで織室へと異動してきた女官のひとりで、今朝から姿が見えないという話だった。

才里はすぐさま立ちあがり、「ちょっと見てくる」と言いのこして房を出て行く。

ひとりのこされた桃花は、とりあえず床にぐったりとうつ伏せた。自分でも意識していた以上に緊張していたのだな、と思う。

上官を通さないで持ちこまれる引き抜き話――しかも侍女待遇など、どう考えても伝手が太すぎる。織室丞の補佐におさまっている冰暉程度では無理だとすぐにわかったことだろう。人銜を断った意味がないほどに。

それをあまりにもあっさり乗ってくれたので、正直なところ戸惑いは否めないが、才里らしいといえば才里らしい。

――それにしても……。

今度は寝返りをうち、力なく仰臥して天井の染みをぼんやり眺めた。

配属先くらい、きちんと知ったうえで誘うべきだっただろうか。そんなことを、いまさらながらに思う。延明の伝手といえば皇后だろうし、皇后の侍女にちがいないとは予想しているが、あれほど快諾してくれるならば、もっと桃花のほうで慎重を期するべきだったかもしれない。

まあ、いまさら遅いのだけれども。と、大きくあくびをしたところで、ようやく才里が帰ってきた。

「ちょっと桃花たいへんよ！　蝉女が死体で見つかったかもって！　なんか、後宮でみつかった死体がそうなんじゃないかって話らしいの」

「まあ」

「ああもう、ほら邪魔邪魔！　跨ぐわよ？　そのまま寝たら承知しないから」

宣言どおり、床に寝ころぶ桃花を跨いで通り、機に腰をおろす。

「蝉女さん……どんな方でしたでしょう。わたくし、よく思い出せませんわ」

「よく思い出せないんじゃなくて、はなからぜんぜん覚えてないのよ、あんたは」

昭陽殿にはふたりとも三年ほどいたが、桃花の場合はぐうたら耳房に籠もっていることが多すぎて、友好関係がかなり限られている。顔は見たことがあるが名前は知らない、話したこともないという相手がほとんどだ。

「で、死体が見つかったのは十二区らしいんだけど、そのことについて掖廷の宦官がきて、いろいろと聴いて回ってるみたいね。織室令も丞も不在で、なんかバタバタしてるらしいわ」

「甘甘さまがご不在？」

「そ。上から急なお呼び出しだったらしいわ。それで仕切る人がいないからって、あいつら女官を片っぱしからつかまえて事情を聴いてるのよ。きっと甘甘さまが前は掖廷令だったから気安いんでしょうね」

いやな予感に桃花は起きあがった。

甘甘が不在。しかも丞まで留守ということは、丞の補佐である冰暉も不在ということだ。

掖廷官ならば、官奴・桃李の顔を見知っている者がいるかもしれず、はちあわせでもしたら、桃李の正体が女官だと知られてしまう恐れがある。

梅婕妤という脅威はいなくなったが、それでも女官が検屍をしているのは問題であるし、なにより、多くの事件と関わる以上、身元を知る者はすくないほうがいい。掖廷官が検屍をするのと、女官が検屍をするのとでは立ち場がちがう。

――延明さまの根回しが入っているからだいじょうぶ、とは思うのだけれど……。

いや、と思い直す。延明の根回しが入っていたなら、織室責任者であり協力者でもある甘甘が不在などありえない。……つまり、桃花の安全は確保されていないと見るべきだ。

どうしようかと思ったとき、外から入室の声掛けがあって、桃花は肩をびくりと震わせた。掖廷官の訪問だ。

「と、桃花⁉」

桃花は転がる勢いで大花楼提花機のかげに滑りこむ。才里があ然としたが、言いわけをする暇もない。ほぼ同時に、房内に掖廷官が足を踏みいれた。

才里が不審に思って話しかけてきたら、観念するしかない。そう覚悟を決めたのだが——

「ちょっとなんなの！　女官の房にとつぜん入ってくるなんて、宦官が無礼だわ！」

才里の一喝が響いて、目を丸くする。

そっとのぞいてみれば、才里が驚くほど不機嫌な様子で掖廷官の前に立ちふさがっている。掖廷の宦官はたじろぎながら、「蟬女という女について調べているので協力を願いたい」と説明をした。しかし才里は譲らない。

「だったらこんなところであたしの仕事の邪魔してないで、蟬女と同房の女官たちをもっとしっかり絞ったらいいって助言するわ。どうせなにも知らないとか、気がつかなかったとか言ってるんでしょう？　そんなのうそに決まってるじゃない」

「その根拠は？」

って顔を上げた。

「あたし、知ってるの」

才里は言い、ぱたん、と軽快な音を数回響かせてから、焦れて詰め寄ってきた宦官に向かい、

「蟬女、対食の関係になってる相手がいるのよ。まぁ、あたしが昭陽殿にいたときの話だけど、そのお相手に会うために織室を抜けだしたと考えるのがふつうでしょ。同房の女官たちはそれを手伝っているはずだわ。個室ではなく五人房なんだから、だれにも知られず逢瀬をくり返すなんて無理。協力が必要だもの」

掖廷官は顔色を変え、さらに才里から詳細を訊き出そうとしたが、才里は頑として「それ以上は知らない」「同室の女官たちに訊け」の一点張りで、ついに彼らは走るようにして去って行った。

「――桃花、もう出てきていいわよ」

外を確認してから、才里が言う。

桃花は提花機のかげから出ることができたが、こんどは才里になんと説明すべきかがわからない。

第一声はもちろん「ありがとうございました」だったが、そのさきをどうつづけるべきか考えあぐねていると、才里は桃花がしゃべり出すのを待たず、手もとの作業を

再開させた。

「ほら、桃花もいつまでもつっ立ってないで仕事仕事！」

「あの、才里……わたくし」

「べつに無理して話さなくったっていいわよ。いまさらだもの」

「いまさらとは？」

「この才里さんを見くびらないでちょうだい。なんか事情持ちなんだなってことくらい、とっくに知ってるわ」

「とっくに、ですか……」

ぼう然とする桃花に、早く機（はた）につくよう才里が視線でうながす。

桃花は動揺しながら機に腰を下ろして踏み木を踏み、経糸（たていと）のあいだに杼（ひ）を通そうとする。が、気が散ってしまってうまくできない。ウトウト舟を漕（こ）ぎながら機を織るよりも、ずっと下手なありさまだ。

才里はあきれたようにそれを見て、息を吐いた。

「あのね、あたしが暴室（ぼうしつ）送りになったときのことだけど」

「はあ……」

「はあってあんたねえ、なにそのぼんやりした顔は。ほら、昭陽殿にいたとき、あたしが高級乾果（カンクワ）の『竜眼（リュウガン）』を落として、それを盗んだ宮女がいたとかで、婕妤（しょうよ）さまがお怒りになったじゃない」

「ああ……」

その不手際の咎で、才里は笞刑をうけて暴室に入れられたのだ。

「思い出した？　で、そのあとすぐにあんたもやらかして、おなじように刑を受けて暴室に入れられてきたでしょう。それであんたの通称〝いいひと〟がいろいろと手配をしてくれたのよね、薬とか養生の場所とかを、ついでにあたしにも」

こくりとうなずく。たしかそのような感じになっていたはずだ。

「でもね、そのあんたが『やらかした』っていうのがまず嘘くさいのよ。婕妤さまの大事な器を割ったですって？　ありえないわ。みんな桃花が鈍くさいの知ってるのに、だれがそんな大事なものを持たせるっていうのよ」

「う、それは……」

たしかにそうだ。あのとき桃花は掖廷の敷地内に入るために、自分で勝手に器を手にして割ったのだ。

「あんたはわざと罪を犯して暴室に入った。その必要があったんだわ。で、そこからよね、いろんな支援や贈り物がはじまったのは。きっとあのとき、暴室でなにかだれかと……そうね、たとえば甘甘さまとかと取り引きがあったんだって、あたしは思ってる。あのときの掖廷令は甘甘さまだったし、いまはこの織室の令なんだもの。偶然って感じじゃないわ」

まちがってはいないが的中もしていない。動揺が収まりつつある桃花の様子を見て、才里はちょっぴり悔しげな表情を浮かべる。

「あんまり当たってないって感じね。でも、まちがいないって確信してる部分もあるの。──桃花、あんたが暴室に入った目的は、あたしだわ。あたしを助けるために暴室で笞をうけて、そこでなにか取り引きをおこなったのよ」

「それはちがいます」

「ほら、顔に出やすいのよね、桃花は」

そんなはずは……とたじろぐと、才里がそれを見て『してやったり』という顔をする。──はめられた。

「才里……」

「やっぱりね。ずっとそうかなって思ってたの。でもふつうに訊いたって否定されるだろうし、紅子もいたしね。だからいままでなにも言わなかった……言えなかったのよ、お礼も」

才里は踏み木から足をおろし、横座りになって桃花のほうを向く。

そうして、そっと桃花の手を取った。

「助けてくれてありがとう。あんたが侍女になるなら、あたしも一緒に行くわ。桃花にいまどんな事情があろうとも、あたしはずっとずっと、あんたの味方よ」

もしかして、と思う。才里（さいり）は氷暉（ひょうき）が〝いいひと〟などではないことも、じつはとうにわかっていたのかもしれない。ただ桃花（とうか）の行動が同房の紅子（こうし）に怪しまれたりしないように、わざと恋に絡めて騒ぎ立てていただけなのではないだろうか。

陰謀策謀ばかりが後宮ではない。そう身にしみて知ったような気がした。

＊＊＊

「——死因不明？」

華允（かいん）と八兆（はっちょう）がたずさえて帰ってきた死体検案書、まずその結末に目を通して、延明（えんめい）は眉（まゆ）をよせた。

「正確には、『判定不能』ということにござりまする」

八兆は訂正し、詳細を説明する。

「まず、死後の硬直は全身におよび、強固にござりました。死後、一晩は経っていると思われまする。死斑（しはん）は赤褐色にて濃く背面にあり、発見された時の仰臥（ぎょうが）姿勢と合致。外傷に関しましては、頭髪のなかに焼けた釘（くぎ）などの受傷無し。全身のいずこにも出血の痕跡（こんせき）、あるいは打撲の痕跡はござりませぬ」

延明は二度、三度と検屍結果を目でなぞり、それから八兆に問いかけた。

「『陰門内に出血無し』とありますが、内部異物はきちんと調べましたか？」

「お言葉ながら掖廷令、わたくしめは陰門内の構造を知りませぬゆえ、死体に損傷を起こしてはことと判断しましてございまする。死体の硬直をとき、腹部を触診。また、圧迫して内部出血の有無を確認、肛門より陰門側の異物を触診にて確認いたしました。死体当人は痩せ形でしたので、これにて異常なしと自信を持って申しあげまする」

よく吟味してから、延明はうなずいた。

八兆が言うように、内部にのこされた凶器があれば腹部、そして肛門内部からの触診で判明するだろう。また、死亡するほどの出血があれば死斑は薄くなるはずだ。濃いか薄いかというのは主観でしかないが、現時点で外傷を疑うところはない。

「いいでしょう。それで、外傷以外の所見としては、『鼻口にあぶくが付着、右瞳孔がわずかに小さい』のですね？」

「さようにて。外傷がなく、あぶくを吹いての死亡とのことで、わたくしめは病死の可能性ありと考えてござりまする。しかし、病死の判定は検屍だけではいたしかねまするゆえ、ひとまず『死因不明』と記入したものにござりまする」

病死の場合、周囲の関係者から、死者にかねて不調があったか否かの確認をとらなくてはならない決まりである。

「わかりました。しかし病死であるなら、なぜ全裸なのかが問題になります」

「おれたちも周辺をくまなく調べてきましたけど、やっぱり衣服のようなものはありませんでした。ただ……気になることがあります。わずかですけど、臀部や髪などに糞尿らしきものがついていました」

　華允によると、髪は後頭部、臀部は尾骨のあたりにわずかに付着していたという。

「それは、亡くなった際に本人より漏出したものではなく？」

「それはわかりません。でもうまく説明できないですけど、肌全体が臭う感じです。それに漏出した物なら、髪にはつかないんじゃないですか？　全裸であったことと関係があるかもしれないです。汚れて、自分で脱いだとか」

「かもしれません。しかしそれだとまた、脱いだ衣服はどこへ行ったのかという点が問題になります」

　とにかくまず身元が判明せねば、動きようがない。

　身元確認は公孫がだれかに命じてあったはずだが、と焦れたところで、ちょうど調査に出た者が帰署したとの報せが入った。急ぎ通すように命じると、若手の掖廷官がやってくる。

「十二区死体の件、報告を」

「は。全裸で発見された死体の身元ですが、織室女官でした」

「……織室？」

「はい」

延明はわずかに眉をひそめた。織室——桃花がいる内廷部署である。

「後宮の女官ではなく？」

つい念入りに確認してしまう。掖廷官は得意気に「はい」と答えた。

「まず、婢女ではなく女官とのことでしたので照会いたしましたが、十二区内で所在不明となっている者はいませんでした。愚考しまして、それぞれの殿舎から古参の女官を出してもらい、死体の顔を確認してもらったところ判明したものです。一区昭陽殿にて梅婕妤に仕えていた女官で、名は蟬女。いまは織室所属となっているはずだとのこと」

「わかりました」

なんてことだと思いながら、平静を装った。

「ご苦労でしたね、さがってよい」

言うと、掖廷官は「いえ」と誇らしげに笑む。

「まだご報告が。織室でも確認をとるべきと思い、聞き取りもおこなってきました」

びくり、と延明の内に小さな狼狽が走る。

この者、官奴・桃李の顔を見たことがあっただろうか。いや、この宦官だけではない。下級の員吏も引き連れて行ったはずだ。桃李の顔を、どれだけの者が知っている？

「……公孫が命じたのは身元の確認でしょう。それ以上のことは報告を上げてから指示を仰ぐべきでした。織室令の甘甘殿に許可は？」

「甘甘さまは留守で」

頭を抱えるところだ。

しかしこの官は功を焦り少々勇み足であったというだけで、全責任は延明にある。采配の手抜かりに他ならない。

――よもや、後宮の奥深くで発見された死体が、後宮門の外からきたとは思わなかった……。

なにせ、後宮門を夜間に不正に出入りしての事件が相次いだため、秋より厳罰が適用されるように改革をしたばかりなのである。

「いけませんでしたか？」

若い掖廷官は、褒めてもらえる雰囲気でないことに気がついたようである。

延明はかぶりをふった。

「つぎからは報告をさきに上げる、もしくは先方の責任者にきちんと許可を得てからおこなうようにしてください。――それで、蟬女についてなにか収穫はありましたか？」

なかったらゆるさないところだ、となかば八つ当たり気味に考えつつ、うながす。

さいわい収穫はあったようである。

「この蝉女ですが、歳は二十九。かねて対食関係にある宦官がいて、死体発見の前夜も同房の女官と共謀して織室を抜けだしていたようです。その際、かならず一本の棒を持って行くらしく」

「棒？」

「長さは地面から腰の高さほどの、角材のようなものだそうです。この蝉女は梅婕妤の〝隠された女官〟であった女で、ならべた鼓のうえで飛ぶように舞うのが特技だったとか。身軽なので、その棒を足掛かりにして後宮に侵入していたのだろうとの話でした」

掖廷官の報告に、なるほどと思う。

後宮門を黒銭で通ったわけではないということか。

「それで、相手の宦官がだれなのかは判明したのですか？」

「これも昭陽殿を担当していた者で、王有という者だそうです」

昭陽殿にいた宦官は、女官同様、すべて異動となっている。

「浄軍……」

華允がつぶやく。

梅婕妤の女官が織室に異動となって冷遇されているように、宦官もまた皇后への忖度から冷遇、すべてこの浄軍行きとなっている。

浄軍の仕事は肉体労働、いわば人夫で、労役刑徒とほとんどあつかいが変わらない。おもに担うのは清掃であり、その清掃とは平たく言えば溝さらい、下水処理である。もちろん糞尿処理もその仕事に含まれるため、苛酷にして不衛生。浄軍行きは、宦官ならばだれもが恐れる末路である。

「死体の付着物と合致しておりまするな」

八兆が言い、延明は報告を上げた官を下がらせてから立ちあがった。

「浄軍の宦官、王有を聴取しにゆきます。生きている蟬女と最後に会ったのは王有である可能性が非常に高い」

「まさか掖廷令までごいっしょめされると？　いけませぬな」

八兆が垂れ下がったまぶたを上げる。そうです、と華允も同意した。

「延明さまは待っていてください。浄軍の舎は遠いです。またお倒れになったら困ります」

心配はありがたいが、織室女官が関わっているとわかった以上、報告を受けて指示などと不確実なことはやっていられない。すでに桃花には迷惑をかけている。

「体調のことならもう心配いりませんよ。太子殿下によい薬をいただきました」

不服そうな顔をしているふたりに、延明はにっこりと笑んでみせた。

「私の体調を疑うということは、それすなわち殿下の薬を疑うということ。そのような畏れ多いこと、よもやふたりとも仰いませんね？」

脅すような形で延明はふたりを押し切り、後宮の清掃を担う後宮浄軍の舎へと向かった。

後宮には下水路が張り巡らされ、それらは後宮の隅にある下水処理のための水場へとつながっている。しかしあまりに広大なため、下水路はそこかしこで停滞し、詰まり、流れが滞る。いや、滞るような流れなどそもそも存在しないのだ。

延明は道のわきで、存在しない流れを労働によってつくり出している浄軍宦官の働きを見やりながら進む。彼らの顔色はみな一様に悪く、ひどくやつれていた。もはや人の尊厳など欠片も存在していないかのような姿だ。この寒風が吹くなか衣服は下水にまみれて濡れ、だれひとり声も発せず、表情を殺して幽鬼のごとく働いている。

下水と一口に言っても、雨水をはじめ、厨でつかわれた水から屎尿まで、あらゆる液体や固体が混じりあったものである。不衛生極まりなく、風を得ての死者も多いと聞く。

「――ここですね」

浄軍の寝起きする舎へと到着すると、華允がどこかさみしげな目をして言う。

無理もない。浄軍は、小海という宦官が杖刑ののちに配属され、最期を迎えた場所でもあった。下水処理の水場は、彼が沈んでいた水場である。

延明は責任者を見つけ用件を告げたが、王有は留守であるとのことだった。

「あいつは肥え汲み係りです。そのうちもどってきますよ」

婢女は下水路に置かれた衝立のかげで用を足すが、それより上の立ち場になると、おもに廁を使用する。廁もさまざまで、半地下に豚を飼い、屎尿をそのまま餌にするものもあれば、ただ甕を置いただけのものもある。この甕から汲み取りをしてくるのもまた、浄軍の仕事である。

なお、後宮妃嬪は帳に囲まれた専用の『花箱』にて用を足すが、この中身もひとの手を介在し、やはり最後には浄軍によって処理される仕組みとなっている。

延明は華允とともに、王有の房を見ておくことにした。重要な物品が置かれていないかという確認だ。

「暗いですね……」

房に踏み入ると、華允が言うようにかなり薄暗い。通常、房とは南向きに切るものだが、ここは東を向いていた。風が通らないのか、どことともなく湿り気を帯びた下水の臭いが漂っている。土間で、低い牀が三つ置かれている。三人房だ。

内部はせまく、牀が置かれただけでいっぱいである。牀には藁が敷かれ、その上に筵がかけられている。わきには行李があったが中は空だった。

　華允は手近なところからそれぞれの槀と筵を調べ、ひとつの牀のまえで感心した声をあげた。

「見てください。これただの筵かと思ったら、衣になってます」

　言って、ひろげてみせる。たしかに、太く丈夫な糸で縫い合わされており、纏うことができるようになっていた。

「就寝時の防寒着でしょう。仕事で濡れますから、袍などは脱いでそれにくるまって眠るのでしょうね」

「あ、内側には厚手の袍も縫いつけられています。へえ、けっこう立派だ。それに一見して筵に見えるから盗まれにくいですね」

　延明も確認したが、しっかりとした防寒着として機能していそうな品だった。

「収穫なしですね。やっぱり本人がもどってこないと……」

「いいえ、華允。なにもないという収穫がありましたよ」

　華允がまばたく。延明はもう一度入念に行李のなかをあらためた。

「針や糸のたぐいがありません。この防寒着を縫ったのは、この房の住人ではないのでしょう。買うほどの余裕があるとは浄軍では考えにくいので、もらい物です。おそらく蟬女からの」

いったん外に出る。延明はさきほどの責任者にふたたび声をかけ、王有ら、梅婕妤の昭陽殿から送られてきた宦官らについて、詳細を尋ねた。

責任者は、鋤を修繕していた手を止める。鋤は下水路の清掃に使っていたものだろう。

「梅婕妤のところから送られてきた宦官ですか？　あれはひとまとめにしてあります。その東向きの舎房に入っている九人は、みなそうです。子どもの小宦官をふくめて十一がこちらに送られてきましたが、すでにふたり死にましたので、九です」

「死んだとは？」

「小宦官の衰弱死ですね。宦者署がすでに処理しました。ああ、不審な死ではありませんよ。自分も確認済みです」

念のため、あとで照会する必要がある。

「この九人にひとり欠員補充を入れた十人で、後宮十区から十四区までの五区画の肥え汲みを担当させています。それで……え、なんです？」

「なんでもありません。つづきを」

――死体が発見された十二区が含まれていた。

延明は華允と目でうなずき合った。責任者はさきをつづける。

「この者たちは夜明けより肥えを集め、それを藁と混ぜて処理する仕事につきます。

糞などほとんどが穀物の繊維ですから、藁といっしょに積んで山にし、水気を切って毎日切り返すと、まあよい堆肥になるのですよ。できあがった堆肥は御料園や花園、大家の籍田などで使用されます」

堆肥を発酵させている場所があちらであると、責任者は遠くに見え隠れする下水処理の水場、その西のほうを指さした。

「わかりました。ちなみに、ここは夜間の出入りは可能ですか？」

「はい。人数上、どうしても下水路の清掃が行き届きませんので、月が出ていれば夜を徹することもめずらしくはありません。浄軍には出入りを規制するような門もありませんので、可能もなにも、という感じではありますが」

「就寝前の見回りなどはしないのですね？」

責任者は疲労濃い顔で冷笑した。

「だれがします？　ここには、そんな真面目なやつはいやしません。いてもまっさきに死ぬでしょう。——なんて、こんなだから脱走者が出て叱られるんだな」

「脱走者？」

「よく泣き腫らしてた小宦官が、昨夜あたりから姿が見えんのです。おなじ年ごろのがふたり死んで、まいっちまったんでしょうね。俺たちが懲罰を受けるから迷惑なんですが。まったく、帰ってきたら折檻してやらないと」

言ってから、この責任者は思い出したように、梅婕妤のところから送られてきたうちのひとりですよ、と告げた。

王有が肥え汲みからもどってまず向かうのは処理場であるとのことで、延明と華允はひとまずそちらへと移動した。

後宮内とは思えないほど雑草の繁茂した土地はただひろく、距離を置いて点々と盛り山が置かれていた。見あげるほどの高さに積まれた、発酵途中の肥えだ。目にしみるほどの悪臭のなか歩くと、山によってはもくもくと湯気があがっているものもある。どうやら発酵に際しては、かなりの熱を発するらしい。発酵が終われば堆肥となり、その頃には屎尿の刺激臭はおさまり、堆肥独特の匂いへと変化しているようだった。

王有らが担当しているという山にたどりつくと、そこには甕を積んだ車が横付けされ、四人が処理についていた。甕から収集物を長い柄杓で汲みあげ、藁の山にかけるる作業だ。水分け藁をつたい、下水処理の水場へと流れて行き、固形物は藁の上にのこる。これを爪のついた農具で底のほうから切りかえし、空気を混ぜるという重労働だ。

声をかけようとすると、さきに向こうがこちらに気がつき、手を止める。うち、ひとりがぎょっと瞠目して延明と華允を見た。

「……これはこれは、掖廷令。それに華允では」

見知らぬ中年ほどの宦官だった。こけた頬をしているが、かつては豊満に脂肪が詰まっていたのだろう、すっかり中身が無くなってのびきった皮膚があごに垂れ下がっている。

――だれだ……？

延明の戸惑いがわかったのか、宦官は破顔した。

「ずいぶん痩せてしまいましたゆえ、面変わりもしておりましょう。わかりませんかな、わたくしですよ」

華允がハッとしたように硬直する。

「以前は諸葛充依のもとでお仕えしておりました。泥巌と申します」

かつて、華允を虐待していた師父だ。さきほど責任者が口にしていた、欠員補充とはこの人物だったらしい。――なお、浄軍送りにしたのは延明であるが、すっかりその存在自体を忘れていた。

延明はとっさに華允の前に出て、『妖狐の微笑み』で対応する。

「これはこれは、お久しぶりです。すっかり健康的になられたご様子。浄軍に推薦した甲斐があるというものです」

「はっはっは、然り然り」

軽い挑発で出力をうかがったが、泥巌はこれを笑って受け流した。

浄軍暮らしが応えていないわけではないだろう。かつて肉塊のようだった身体がここまで削ぎ落とされたのだ。ただの矜持にすぎまい。

「して、掖廷令ともあろう方が、このような掃き溜めにどのようなご用向きにて？」

「仕事です」

短く答え、華允を遠くに避難させてやらねばと思ったが、その当人が一歩を踏み出して前に出た。「王有というひとはいますか？」と、表情をこわばらせながらも尋ねる。

一瞬だけ、泥巌の目に華允に向けた残虐な感情が宿ったように見えたが、それも確証にいたるまえに消えた。宦官に髭など生えぬのに、あごをゆっくりと撫でさすりながら、にやにやと薄ら笑む。

「王有？　ははん、さてはあやつ、女がらみでなにか問題を起こしましたな」

「なぜそう思うのでしょう？」

「王有が水場の近くで女と会っているのは、二度ほど見かけたことがありますぞ。けれども同じ女ではなかった。浄軍に落とされたような宦官に会いにくるくらいならば、どちらもそうとう入れあげているはず。これが問題にならぬはずがなかろうというものです」

泥巌は、「どう思う？　おまえたちのほうが、くわしかろう」と、ほかの三人にも話を向けた。

「そうだな、何人かいるようだったな」

ある宦官が言い、いや、とほかのだれかが否定する。

「というか、いまはふたりじゃないかな？　あとはもう逃げられたときいたぞ」

「昨夜も女と会っていたんだろ。水場のほうに行くのを見た」

女と会っていた――。欲しい情報だ。

くわしく、とうながすと、その宦官は白卓と名乗り、「朱章なら同房だから知ってるだろう」と、朱章という人物に丸投げする。

朱章と呼ばれたのは、渋い顔つきをした偏屈そうな人物だった。痩身でこけた頬、しわとしみだらけの顔貌だが、これがもとからであるのか、それとも浄軍で変わり果てた姿であるのかはわからない。

「お話をおうかがいしても？」

「けっこう。王有の師父、朱章にございます」

同房で、師父か。それは情報源としてありがたい。

「昨夜、王有は女と会っていたのではという話について、どう思われますか？　房にはいなかった？」

「あれはほんとうに、女にだらしのない小僧にて……腐刑に処されたのもそのあたりが原因とのこと、さもあらんという所でございますが」

朱章はひどく嫌悪をにじませた表情にて首肯した。

「たしかに、あれはよく夜中に房を抜けだしておりました。昨夜は、腰を揉ませ、翌朝ぶんの米を臼つかせ、井戸から飲み水を汲んでくるように言いつけました。しかしいつまでたってももどってこんのです」

「それが女との逢瀬だろうと？　根拠があれば教えていただきたい」

「いつも、あれが抜け出るまえには遠く笛がきこえるのです。指笛か草笛かまでは定かではありませぬが。おそらく女からの合図なのでしょう」

「では、どのくらい房を空けていたのでしょう」

朱章は農具を地につきさし、その上に手を重ねてわずかに黙考した。

「……そうですな、漏刻で言えば三刻ほど（三十分強）であったかと」

三刻。

延明は華允と顔を見合わせ、目でうなずく。

逢瀬には十分可能な時間だ。笛の合図もあったという。

やはり王有け蟬女と会っていた可能性が高い。蟬女の最期を知っている可能性もまた、低くはなさそうだ。

なかなか王有がこないので、華允をほかの宦官への聞き取りに行かせる。蟬女を目撃している人物がいたなら御の字だ。万が一、王有が蟬女との逢瀬を否定した場合の手札として使える。

それから、ようやく王有が車を牽いてやってきたのは、しばらく経ってからのことだった。華允がまだもどるまえだ。

「王有ですね。掖廷の孫延明といいます」

「ああ、きいてます。さっき上官が、掖廷令が俺をさがしてるって」

甕をのせた荷車を止めたのは、二十代後半ほどの宦官で、へらへらとした優男だった。複数の女を手玉に取ったとのことだが、とりたてて器量がよいわけではない。ただ、どこかさみしさを感じさせる雰囲気があって、こういうのが好きな女はすくなくなさそうではあった。庇護欲をそそるというやつだろうか。

「で、俺になにか？」

気負ったところはまったくない。

「蟬女が死にました」

直球でぶつけると、さすがに表情がゆらぐ。

「昨夜、会いましたね？」

圧をかけると、動揺したように視線が泳いだ。

「蟬女の口笛の合図をきいた者、そしてあなたが水場へ向かう姿を見た者がいます。会いましたね？」

「……いいえ」

「いいえ」

この否定は、これまでと一転して強い口調だった。動揺が、一気に頑なな意志にひるがえったように見えた。

「口笛の合図なんて知りません。だれですか、そんなでたらめを言うのは？　水場に行くのを見た？　ええ、たしかに行きましたけど、外でぶらぶらしていただけです。だれにも会っていない。俺が蟬女と会っていたという証拠でもあるんですか？」

「なにをむきになっているのです。こちらはあなたに対して、殺したなどと責めているわけではありません。蟬女の足どりを追っているだけですよ」

「ですから、知りません。蟬女とはすでにわかれていますから」

昨夜は蟬女に会っていない。だからなにも知らない。

王有は、断固としてそのように主張をくりかえした。

＊＊＊

「知ってたわ、他にも女がいることくらい」

掖廷署に呼びだされた女は、指先まで意識された動きで、落ちてきた髪を耳に掛ける。しぐさがとても様になっていて、艶っぽい。

「それでも恋仲であった、と」

「さみしいひとなのよ。あのひと」

あのひと、とは王有のことであり、この女はかつて王有と関係のあった女のひとりである。昭陽殿にいた女官で、織室より呼び寄せた。

「さみしいとは？」

「父親がいないのですって。母親はいいところのお嬢さんだったらしいけど、両親が認めてない相手の子を産んで勘当、その後は妓女に身を落として王有を育てたらしいわ」

延明は、よくある転落話だなと思う。

「それでね、大人になった王有も、とあるお屋敷のお嬢さんと恋仲になったらしいの。親子そろってふしぎよね。母親の場合は花町行き。王有の場合はまあ、蚕室行きだったってわけよ」

言って、手を庖丁に見立てて宙でなにかを切って見せる。延明はそれを冷たい目で受け流した。

「言ってたわ、彼。ずっと女の世界で生きてきた、父親が欲しかったって。父親とはなんだろう、どのような存在なのだろうって」

その想いは、なんとなくわからなくもない。

世において、父親とは『孝』の精神でつながる特別な存在だ。父を殺されたなら、諸国漫遊してでも『不倶戴天の仇』をとらねばならないほどに。

同時に、継嗣に対して非常に愛情深い存在でもあった。なにがあっても守ってくれる、それが父親という存在で、父と男子との絆は強く結ばれている。

王有が言う「さみしい」とは、他人にあるのに自分にはないという、心の穴のような感覚だったのだろう。だれもがあたり前のように持っている絆だから、求めたがった。

「それがさみしいと？」

「それでね、宮仕えになったとき、『師父』という存在があることに感動したのですって。自分にもついに父ができるのかって。なのに、ねえ……かわいそうだわ」

期待した父は、父ではなかった。

それはそうだ、と延明は思う。宦官において師父とは父のようなもの、とは言葉上だけで、実際は主人と奴隷の関係にすぎない。ほとんどの師父は、自分が世話する子を殴り、罵倒し、従属させることを教育と呼ぶ。

「それで、ほだされたと」

「そうねえ。見捨てられないって感覚に近かったかしら。それに後宮でこのまま枯れていくのもいやだったから。私だって女だもの」

しなをつくった女の指が、延明の手に触れる。誘惑しようとしているのか。

延明はその手を取り、とびきりの甘い表情で微笑んだ。秘め事をささやくように顔をよせて、問う。

「では、王有のほかの女の名は知っていますか？　私は、それが知りたい」

内容に関係なく、女の顔が朱を帯びる。

しかし口から出たのは「いいえ」だったので、即時、員吏を呼んだ。

「お帰りです」

冷たく言って、追い払う。

隅で始終を見ていた華允（かいん）は、あきれたような表情でこちらへやってきた。

「延明さま、やり返しなんて大人げないです」

「向こうも大人ですよ。だれでも誘惑できると慢心しているようでしたので、たまには思い知ることも必要でしょう」

さて、と延明は几（つくえ）の上で手を組んだ。

「参りましたね。すぐに片づきそうな案件だったのですが、存外うまくいかないものです」

「王有が完全に否定してますからね」

粘り強く、説得にも似た聞き取りをおこなったが、王有の主張がひるがえることはなかった。すなわち、蟬女とはすでに破局しており、昨夜も会っていない、というものだ。

会っていないのならば、蟬女はなにをしに後宮に侵入したのか。根本から謎が深まってしまう。

「念のため、王有のもうひとりの女とやらに聴取をおこないたいのですが、こちらもさがしだすのは容易ではなさそうです」

念のためというのは、後宮に忍んできた蟬女が王有のもうひとりの女とはちあわせしてしまい、ひと悶着あったかもしれないという可能性を考えてのことだ。王有のあの頑なな態度はあやしいので、いろいろと勘ぐらざるを得ない。

しかしいまのところ判明しているのは、いずれもすでに破局済みの女ばかりである。

「延明さまは、王有が言ってることが本当って可能性もあると思いますか？」

「無いとは断言しませんが、あの態度を見るかぎり、なんらかの偽りをつらぬこうとしていると感じざるを得ませんね。蟬女と会ったかを訊かれたとき、あきらかに狼狽していましたから」

ですよね、と華允も同意する。

「でも、嘘をつく理由ってなんでしょう？　爺は、蟬女は病死だって言ってましたけど、病死だったらこんなに頑固に否定なんてしてしますか？」

「そこは奇妙な点であると私も思っています」

延明たちは、蟬女の足どりを追っているだけだ。八兆が病死と鑑定していることもあり、全裸であるという謎はあったが、だれも殺しを全面的に疑っていたわけではない。また、病死を裏づけるとまでは言わないが、織室で聴取してきた官吏の報告書には、たしかに同僚女官らによる「蟬女はさいきんよく吐き気がすると言っていた」「めまいを訴えていた」などの証言があったことも記載されていた。

王有にもこの点をしっかりと説明し、最後に会ったときの蟬女の様子について話をききたいだけなのだと再三述べたのだが、それでも証言は覆らなかった。

「殺して遺棄したから、嘘をついている。おれ、そんなふうに思ってしまいますけど」

「王有による殺しなら殺しで、また謎が増えてしまいますよ」

王有が水場で目撃されてからもどってくるまで、三刻。

蟬女の遺体が発見されたのは十二区の奥の植え込みで、殺して遺棄してもどってくるとなると、三刻ではとても時間が足りないのだ。

じゃあ……と、華允はあちらを見たりこちらを見たりしながら考える。

「師父の朱章が言う、王有がもどってきた時間っていうのも嘘とか。朱章が王有を庇っているんです」

「あのふたり、仲が悪いそうですよ」

「でしたね」

朱章は女癖の悪い王有をかなり嫌悪していたようで、周囲からも、ふたりは完全に『主と奴隷』の関係であったという証言をすでに得ている。偽証してまで庇うような間柄ではないとのことだ。

それに殺しである線は薄いと、延明はそう考えている。

もし病死に見せかけた偽装殺人ならば、衣服を着せて遺棄されていなければ意味がない。全裸であれば、いくら細工をしても不審死となってしまうからだ。

「同房のもうひとりが生きていれば、せめて王有がほんとうに三刻でもどってきたか否かくらいは判明したかもしれませんが……」

王有らの房は三人用だが、うちひとりはすでに亡くなった小宦官であった。宦者署に記録を照会したところ、仕事中についた傷が化膿して発熱、そのまま衰弱して亡くなったとのことだ。不審な点はない。

現在はふたりでひとつの房を使用しており、華允が見つけた筵の防寒着はやはり王有の所有物であったとも確認がとれている。

「……でも延明さま。おなじ舎の小宦官が二名も死亡。これってふつうですか？」

「浄軍では体力のない子ども、そして年寄りから脱落していくものです。不衛生な環境で労働についていますから、風を得やすい。この小宦官の発熱に関しては、ほかの者たちからきちんとした証言がとれていましたから、問題ないでしょう」

「まだあります。小宦官がひとり脱走中って話です。これ、言いかたを変えればゆくえ不明ってことですよね？　もう生きていないかもって思うのは、勘ぐり過ぎですか？」

「……」

　華允の表情が、こわばっている。

――泥巌か。

　華允のもと師父。あれを恐れて言っているのだ。童子らをしどけなく侍らせ、童子よりも大きくなった小宦官には、暴力の虐待を加えていた人物。

「華允、よいですか。まず亡くなった小宦官二名ですが、こちらは口述がとれています」

　口述とは、病などで弱って助かる見込みがなさそうな者から、「殺しではなく病である」という本人からの証言を得て、記録が保管されるものである。

「宦者署が作成していて、正式なる記録です。小宦官二名は、泥巌が殺したものではありません」

「……はい」

「ただ、ゆくえ知れずとなっている一名に関しては、なんとも判じかねますが。こちらは現在、宦者署のほうで行方をさがしているとのことですので、結果を待ちましょう」

華允が「はい」とうつむきがちに返事をしたところで、外より来客の報せがもたらされた。

太医署の扁若であるというので、案内するように命じる。

中堂へと通されてきたのは、青緑色の宦官袍に白の前掛けをつけた、十代後半ほどの少年だ。きれいな顔立ちだが、あいかわらずいかにも気位が高そうな表情と居住いである。

「太医署より参りました、太医薬丞の扁若です。ご健勝そうでなにより」

「ええ」

毒で死にかけた人間に対して「ご健勝そうでなにより」とは適切なあいさつなのか、しかもその毒もおまえの師が盛ったものなのだが、などと思うところはいろいろありつつも、延明はいつもの『妖狐の微笑み』で対応する。

彼が延明の投獄中、桃花や華允に協力してくれたことは知っている。桃花に関しては彼女が男装して検屍にあたっていることまで気づいているらしいが、内密にしてくれているとのことである。自称「恩も義も知る者」だということだから、延明もそれなりに対応せねば礼に反するだろう。この少年に検屍を『死体係りの付け焼き刃』だのなんだのと言われた記憶は鮮明だが、延明は大人である。

「ひさしぶりですね。その節は世話になりました。しかし招いた記憶はありませんが、どのような用向きでしょう」

　にっこりと尋ねたが、扁若はそれには答えず外で待機していた員吏に合図を送る。

　彼らが運びこんできたのは、山のような冊書だった。なにかと思ってひとつ手に取り楬を確認すると、そこには『食べ合わせ中毒による死』と書かれている。その下は、『暑気あたりによる死』だ。

「これは……？」

「師・夏陀さまの約束を、僕が代わって果たしにきました」

　なんのことか、延明は一瞬理解できなかった。

　扁若の師である夏陀は、帝の侍医『太医令』であった男だ。だが生への執着から罪を犯し、それをもとに強請られ延明に毒を飲ませるなどし、最後には殺された。

「……ああ、そういえばすっかり忘れていましたが、病死について勉強させてもらう話をしてありましたね」

「これで貸し借り無しです」

貸し借りとは。延明はまばたいた。

「よくわかりませんが、私が死にかかった件をこれで帳消しにできる、とでも言いたいのでしょうか。まさかとは思いますが」

「現世、いかなる宦官が生涯をかけて取りかかっても、これほど詳細な記録をのこすことは叶わない。そういうことです」

つまり延明の生涯よりも大きな知識を譲るから、ちょっと死にかかったくらい相殺できるだろうと言っているのだ。……なかなか言ってくれる。わきに控えていた華允がムッと顔色を変えるのがわかったが、目線で制止する。

気分は悪いが、扁若が言っていることは正しい。

延明は冊書の山に向けて一礼する。

「夏陀が遺した知識に、御礼申し上げる」

「夏陀さまが遺した知識とは、すなわちこの僕のことに他なりません」

なぜ勝ち誇った顔をするのか。

あきれながらも、延明は扁若に向きなおり、顔の前で両袖を合わせるようにして手を掲げ、揖礼する。

「夏陀の弟子殿にも感謝を。さきの事件では多くの協力を賜り、御礼申し上げる」

「……おれからも感謝申しあげる」

わきに控えていた華允も、延明にならって丁重に礼をとった。

扁若が顔をしかめる。だがなんてことはない、ただの照れ隠しだろう。華允が泣きそうなときほど怒った顔をするのとよく似ている。こういったあたりは、やはり子どもだ。

「では失礼」

「その前に」

帰ろうとする扁若を呼び止めた。

「死期にあぶくを吹き、左右での瞳孔が不同となる病死例はありますか」

「それだけの情報で特定できるほど、病は単純じゃありませんが」

「残念です。夏陀なら意見を言うくらいはやってくれたと思いますが、弟子の知識ではそうはいきませんか」

「……そんな単純な挑発に乗るとでも？」

と言いつつこの場に留まったので、乗ったのである。

死体検案書を見せると、扁若は不服そうな顔ながらもそれに目を通す。

「――生前は吐き気、めまいもあったのか。外傷なし、瞳孔は……これは自分の目で見ないと判断できないな。でもまあ、中風死と見ても問題のないところか」

「中風死とは？」

「中風死とは、風（邪気、毒気）に中って死ぬことです。さまざまな病をいっしょくたにしてそのように呼びますが、なかでもこれは脳風、あるいは卒中と呼ばれるもので、脳に風が中り、突然意識を失って倒れる病です。そのまま亡くなれば中風死。つまり、病死。数日前から頭痛やめまい、手足の不調を訴えることもあるけれど、まったくのとつぜん発症する場合もすくなくない」

「ほう。では、ちょっと死体を視てくれますか」

は？と扁若はまなじりをつり上げた。その反応に、華允が「失礼なやつ」とつぶやく。扁若はそれを聴き咎めた。

「失礼？ほいほい穢れを他人にうつそうとするほうが、よほど失礼だろう。なんだその『ちょっと池の鯉を見て行きませんか』みたいな気軽さは。僕は正常、そっちが異常だ」

「おれはそういうことを言ってるんじゃない。その態度がさっきから失礼だと言ってるんだ。延明さまは掖廷令、秩石六百石の長官だぞ」

と、今度は華允が眉を上げる。扁若は傲然とあごを上げた。

「ふんっ、身分を笠に着るな。僕は帝の侍医のひとりだ」

「身分を笠にきてるのはどっちだ！」

突然はじまった争いに、延明はやれやれとため息をつく。殴るなどすれば闘殴罪という罪になるが、ふたりともそこまで愚かではない。あわてることはないが、一応止めておくべきか。

「おやめなさい。子ども同士、仲よくするのがよいでしょう」

「子どもじゃない！」

「子どもじゃありません！」

仲裁に入ったはずなのに、ふたりから一喝された。

「――だいたい、老猫はなにをしている？」

さらに扁若はふんぞり返って言う。

延明の投獄中、桃花は『官奴の桃李』ではなく『掖廷官の老猫』として検屍にあたっていたので、これは桃花のことを言っているのだろう。

「あれはおかしな名だが、知識と腕は確かだ。僕よりも、視せるべき相手がいるのでは？」

すると「たしかに」とでも言いたげな顔で、華允までも延明をじっと見る。

延明はたじろいだ。

たしかに桃花は検屍官として並ぶ者がないほど優秀だ。だが、なにもかもを彼女に頼りきりというわけにはいかないとも思っている。

思っている、か……。

「……わかりました。老猫を呼びだしましょう」

折れるしかない。

せめて、病死か否かが特定できるだけでも、この件は解決に近づくだろう。

＊＊＊

ばたばたとしていた織室も、長官である甘甘らがもどってきてからは落ちつきを取りもどした。

蟬女について調べていた掖廷官の訪問も手順を踏むようになり、必要な情報は得られたのか、すべて引きあげていったようだった。

解決したのだろうか。それならば良かった——甘甘から書き物を手伝うようにと呼びだされたのは、そう思っていたときのことだ。

「いってらっしゃい」

才里が機を止めて、手をふってくれる。それだけだ。やはり詳細を尋ねられることはなかった。桃花は「いって参ります」と返して、房を出た。

いつものごとく、冰暉の案内で織室令の室に赴き、奥で着がえて掖廷へと向かう。

いつもと異なったのは、用意されていた衣服が青緑色の宦官袍だったことだ。つまり、『桃李』ではなく『老猫』として呼ばれているのだろう。

とはいえ、桃花がなにか変わることはない。変えなくてはならないのは延明たちのほうだ。桃花への呼称で、さぞかし「桃李」から「老猫」への切りかえが面倒な事だろうと思う。延明にいたっては「桃花さん」もあるので、ややこしいといったらないだろう。

なぜ『掖廷官の老猫』で行くのか、冰暉は知らなかったようだが、桃花は検屍をおこなう掖廷獄の院子に着いてから、理解した。

「――扁若さま」

「おそいな老猫。待ちくたびれたよ」

太医署の扁若が同席しているのだ。彼とは『老猫』として会ったから、こちらの衣服にて手配されたのだろう。

「おひさしぶりです。どうして掖廷に？」

「べつに大した理由じゃない。検屍結果を知りたい、それだけだよ」

「結果でしたら延明さまに仰れば、届けてくださると思いますけれども」

「ばかだな。陰険延明がそんなことするはずないだろう」

「だれが陰険ですか」

いつの間にか、延明が険のある微笑みで立っている。

「穢れがうつるから帰ってよいと言ったでしょう。死体はどうぞわれら『死体係り』にまかせてよいと」

「穢気よけの避穢丹があるから問題ない。あと掖廷の避穢丹は甘松の配合が甘い。もうすこし増やしたほうがいいな。僕に言わせれば、あれでは不良品だ」

「敬語」

横から華允が指摘する。扁若はつんと澄ました。

「僕は掖廷令でなく、老猫と話してる。老猫に敬語はいらない」

延明はわずかにまぶたをひくつかせたが、微笑みを維持したまま部下に避穢丹の再配合を命じた。

「おふたり、仲がよろしくないのですね」

率直に感想を述べると、延明が微笑みながら苦い顔をするという器用な芸当をやってのけた。

「そうですね。なぜでしょう……華允とよく似ているのですが、かわいげがない」

「似ていません」

華允がむすっとして言う。

「あいつ、威張っていていやな感じです」

「威張っているんじゃない。権威があるんだ」

「どうせ大家のまえでは権威があろうとなかろうと、おなじ塵芥だ」

華允が至極もっともだが反応に困る発言をする。延明はきかなかった顔で桃花を検屍の場へと案内した。

「――こちらがご遺体。織室女官の蟬女です」

板を敷いた上に横たえられた遺体には、筵がかかっていた。

延明はそのまま詳細を説明する。

「もとは梅婕妤のもとで働いていた女官で、昨夜黄昏（二十時ごろ）、みずからの意思で織室を抜けだしたもようです。どうやら浄軍にいる対食相手に会いに行ったようで、浄軍内では逢瀬の合図である口笛、そして房からぬけてどこかへ出かける相手の姿が確認されています。蟬女の姿は未確認」

蟬女には対食の宦官がいる、そう言っていた才里の情報はたしかだったらしい。

「以後、足取りは不明。遺体は今朝、食事時（朝八時ごろ）になって十二区の奥、人通りの少ない植え込みのかげにて発見されました」

あわてて喧嘩を切り上げてきた華允が、延明の手もとに筆と木簡を用意する。扁若はもうもうと避穢丹を焚き、煙を浴びながらおそるおそる近づいてきた。

延明が最初の検屍で作成された死体検案書を手渡してくれたので、目を通す。

「全裸の仰臥体にて発見、外傷なし、鼻口にあぶく、瞳孔異同、大便と思われる付着物……わかりました。では、検屍をはじめます」

遺体の前に膝をつき、開始を宣言する。至近距離から流れてくる避穢丹の煙が非常に邪魔くさい。

華允の手で筵が取り払われると、真っ白に血の気の失せた女の裸体があらわになった。ほどかれ、広がった髪が風にみだれて顔にかかる。彼女の白魚のような指は、それを自力で払うことすら、もはやできない。

桃花は乱れた遺体の髪をそっと耳にかけてやった。髪で隠されていた顔が、はっきりと見て取れるようになる。半開きのままとなったうつろな目は、乾燥した空気のせいですっかり乾き、眼球がしぼんで落ちくぼんでいた。口もぽっかりと力なく開き、くちびるがかさかさに干からびている。

おそらく、生前とはいくらか面差しもちがってみえているだろう。けれども、たしかに見覚えがある気がした。もしかしたら、桃花ははっきりと覚えておらずとも、蟬女のほうは桃花をよく知っていたかもしれない。近くにいながら会話をすることもなく、物言わぬ対面となってしまったことを悲しく思う。

「周辺から衣服は発見されましたでしょうか？」

「いいえ。ですので、われわれとしては他所で死に、十二区に運ばれて遺棄されたものと見ています」

まだ不確定なのでそれに対してはなにも言わず、桃花はいつもの工程にとりかかる。触れた遺体は氷のように冷たかった。この寒空の下、全裸では寒かろう。はやく確実に調べを終え、棺のなかで安らかな眠りにつかせてあげなくては、と切に思う。

「この死体検案書に、検屍開始時刻が隅中（朝九時ごろ）前とあります。この時点で死後四時（八時間）以上が経過していたものと見られます。再硬直が発現していませんので。逆に、死後四時内であれば、硬直をといてもふたたびゆるやかに筋肉は硬直をいたします」

言うと、延明は熱心に筆を執っている。

検屍に対して嫌悪を抱かないどころか、こうして真摯に取り組んでくれるところを、桃花は好ましく思っている。おかしな人だな、と思うところはあるが、基本はまじめでとてもよい友人である。

それから桃花は全身をくまなく調べた。打撲などの外傷は見あたらない。

まぶたを押し上げて調べれば、たしかに八兆が検屍した通り、瞳孔は左右の大きさがわずかに異なっているようだった。鼻口にもあぶくを吹いた痕跡がのこっている。

「やっぱり中風だね。卒中だ」

扁若がいやいやのぞきこんで言う。そんな顔をするくらいなら離れていればよいのに、と桃花は思う。

とりあえず比喩でもなんでもなく「煙たくて邪魔です」と伝えると、傷ついたような目で睨まれてしまった。他に言いかたがあっただろうかと考えたが思いつかなかったので、しかたがないなと割り切ることにする。

「つぎは念のため、陰門を調べます」

八兆が内部を直には確認していない箇所だ。

遺体の股を緩ませながら押し開き、陰部をあきらかにする。

指で内部を確認しようとして、桃花は手を止めた。

「老猫、どうしました？」

「ご覧くださいませ」

桃花は黒々と茂った陰部を指して言う。延明はさすがにやや戸惑ったようだったが、意を決して桃花が指さす陰門を注視してくれた。なお、扁若は真っ赤になってどこかへと行った。煙たくなくてよい。

「陰毛が、陰門のなかに入りこんでいます」

「……そうですね。ああ、つまりこれはその、情事のあとですね」

宦官に男性機能はない。が、それに代わって代用されるものはあるのだ、と才里からきいた知識で桃花も知っている。

さすがに口には出しにくいが、ここにいる華允は桃花が女であることを知らないはずだ。羞恥していては不自然なので、平静を装って延明の目を見て問うた。

「ちなみに、狎具、仮具のたぐいは発見されているのでしょうか？」

「……いえ……王有の房の屋根裏などをさがさせましょう」

狎具、仮具とは男性器の張り形のことで、答える延明の目が死んでいる。延明とて、このような話を女と白昼堂々したくはなかろうが、検屍に必要なので我慢してもらいたい。

「よろしくお願いいたします」

それから陰道内部を触診し、最後に遺体の背面をよくよく調べた。

やはり背部にも打撲、擦り傷にいたるまで傷はなく、ただ仰臥の状態で色濃くのこった死斑が赤褐色に肌を染めている。

臀部の割れ目上部、尾骨のあたりには、たしかに汚物の付着が確認できた。

「どうでしたか？　老猫」

すべての検屍を終え、サイカチを用いて入念に手指を洗浄していると、延明が問う。

彼の口から「桃花さん」、あるいは「桃李」と呼ばれないのはどこか妙な感じで、しっくりとこない。

「……なにか？」

「いえ、なんでも」

無意識のうちに凝視してしまっていたらしい。延明が戸惑うので、視線を外して遺体に向ける。

「検屍結果ですけれども、これは『作過死』と思われます」

「作過死？」

「卒中じゃないたって？」

遠くの物陰から扁若が愕然の表情をのぞかせる。その距離でよく聞こえるなと感心しながら、「おなじようなものです」と答える。しかし余計に彼らは混乱したようだった。

詳細を説明する。

「死因は卒中でよいでしょう。病です。そのなかでも、情交中に亡くなったものを『作過死』、あるいは『色風』と表現します。精を作り過ぎて死ぬので『作過死』。あるいは、色事の最中に風にあたって倒れるので『色風』と表現します。基本的には男性に使う用語ですが、女性に皆無なわけではありません」

地方によってはさらに、『脱陽死』『上馬風』、ほかに『腹上死』などとも呼ばれている。表現は様々で、ほとんどが男性の死する状態を語源としているが、いずれも男女双方、情交中に起きた病死をあらわしている。

「ええと、大事な点ですので確認しますが、情事の最中に倒れたという解釈であっていますね？　行為後、帰路で倒れたなどではないと」

「陰毛が潜入したままになっています。行為後は清拭をして帰るでしょうから、このようなことになるのは稀ではないかと思われます。それに、帰路ひとりで倒れたのでしたら、打撲や擦り傷がのこっているのが妥当とわたくしは考えます」

「じゃあ、やっぱり水場付近で倒れてから運び出されて、十二区に遺棄されたってことですね」

と、華允が言う。これに「ええ」と延明が同意した。

「浄軍ならば、肥え甕と車があります。空の肥え甕ならば、死体を座らせるようにして入れれば、すっぽり隠すことができたでしょう。そのまま車を牽いて運搬できます。遺体に付着していた汚物から見て、膝を立てた座位のような形であったのかもしれません。――しかし、情交相手が王有であったと断定はできません」

王有というのが蟬女の対食相手の名なのだろう。情交の相手が特定できれば、と延明は思っているようだ。

桃花はそれに対して「ほぼ確定だと思います」と答えた。延明らは驚いたように腰を浮かせる。

「ほんとうですか!?」

「はい。ご遺体の背やひざなどに擦過痕がございません。これは重要な所見で、強姦ではなく双方の合意による行為であったことをあらわしています。無理強いをされた、あるいは乱暴なあつかいを受けたわけではないということです」

全員の視線が桃花に集まる。

桃花は結論を下した。

「よってこのご遺体の死因は卒中、なかでも恋人との行為の最中に起きた作過死であったと鑑定をいたします」

＊＊＊

作過死であるとの鑑定をたずさえて浄軍を訪ね、王有の房の屋根裏より狎具を押収、再度きびしく訊問したところ、王有はあっけなくすべてを吐いた。

蟬女は情事の最中、突然頭が痛いとわめきだしたかと思ったら、引きつったように顔をゆがませて昏倒してしまったのだという。

「放置して逃げようかとも思ったが、発見されれば騒ぎになる。騒ぎになれば、もうひとりの女に二股であったことが知られてしまうかもしれない……それを懼れたんだそうです」

華允が取り調べの結果をそう報告する。

なお、死体を十二区に遺棄してもどるのには、三刻では不可能――この問題はあっけなく解決した。

なんということはない。遺棄したのは翌朝だったのだ。

死体と、脱いであった衣服を肥え甕に隠し、翌早朝、仕事開始と同時に肥え甕を載せた車を牽いて出発。どこかに捨てねばと思い、場所は土地勘のある十二区を選んだ。とくに意味があったわけではない。ただ必死だったという。

十二区の奥で死体を取りだし、死体に付着した屎尿は蝉女の衣服でぬぐって落とした。それから植え込みのかげに死体を遺棄し、いそいで逃げ帰ったそうだ。蝉女の衣服は、帰りに遺棄した。それが顚末だった。

蝉女の死は病であったが、死体を動かすことは罪である。よって王有は若盧獄に収容となった。なお、途中で捨てられた蝉女の衣服は、王有の供述をもとに回収済みとなっている。

「二股の発覚を恐れたのは、援助が断たれては困るからですか？」

「そうみたいです。蝉女が衣服を、もうひとりの女が食料を援助していたみたいで」

「一日、三分の一斗の粟米が二食では、労働をして生きていくにはきびしいですからね、失いたくない気持ちもわからなくはありませんが」

一食が三分の一斗。これが朝夕二回で三分の二斗、というのが浄軍宦官一日分の食糧として計上され、ひと月に一度、一か月分がまとめて支給される。

これは精米すると六割に減るので、実際の食料は一日あたり五分の二斗（現代の約四・四合）となり、当然のように不正が横行して中抜きされるので、口に入るのはこれよりもかなり少ない量となる。しかも内容は白米ではなく粟や稗、宿麦であって、そのほとんどが未消化で排泄される繊維である。

「この、もうひとりの対食関係にあったのは、一区の隅に配属されている三十代の女官でした。こちらもこちらでせっせと周囲から米をくすねていたようなので、暴室に収容しました」

「ご苦労でした。よくやりましたね」

華允に担当させると言いながら、織室が絡んだとあって、途中から延明がかなり口を出してしまった。しかしそれ以外、華允はしっかりと自力で調べを進め、解決させたのである。まだ任官して日が浅いというのに立派なことだ。

褒めると、眉をぎゅっと寄せて視線を下げる。耳が赤いから照れているのだ。

「おれ、役に立ってるでしょうか」

「逆に、役に立たなかったことがありますか、と私が問いたい」

「おれ、いっぱい働いて恩を返しますから！」

「恩を売った覚えはないのですが……まぁ、おまえが仕事をこなせば私の負担が減ることはたしかです。しかし無理はしないように」

掖廷署の中堂には、すでに灯燭の明かりが揺らめいている。終業の時刻はとうに過ぎていた。

「きょうはもう遅いですから、これでも食べて寝なさい」

延明が言うと、童子が器をささげてくる。載っているのは焼きたての胡餅だ。

「さっきからいい匂いがしてるの、これだったんですね」

華允が目を輝かせる。ずっと油の焼ける香ばしい匂いが漂っていたので、気になっていたのだろう。報告中は匂いのもとをさがして視線をさまよわせたり、真面目なふりをしたりと忙しかった視線が、ようやく胡餅に釘づけになる。

延明は童子にも一緒に食べるように言い、立ちあがった。

「ふたりともわかっていると思いますが、食べたら口をゆすいで早く寝るのですよ」

「延明さまはどちらへ？」

「友人とともに不味い薬を飲んできます」

童子から包んだ胡餅をうけとる。

背中に童子から「延明さま、楽しそうですね」と声をかけられて、延明は笑んだ。

もはや言い訳も不要かと、桃花は「ちょっと出かけてきます」の一言で才里のいる房をあとにした。延明がくることはわかっている。いつも検屍のあとはかならず報告に訪れるのだから。

＊＊＊

日に日に冷え込む夜風に身を縮めながら歩いていると、桃花を迎えにやってきた氷暉とはちあわせした。彼はすこしばかり驚いたようだが、もとよりよけいな事をしゃべらない性質である。そのままなにも問われずに、延明のもとへと案内された。

「桃花さん、こんばんは。今夜も冷えますね」

房内に入ると、ふんわりとした暖かい空気と、いつもの延明の声が迎えてくれる。

外が寒かったせいか、几の前に腰をおろすと胸がほっとした。

「こんばんは、延明さま。火鉢をご用意くださったのですね」

几のわきには小さな火鉢が置かれ、木炭が赤々と燃えている。

「ええ、胡餅は温かいほうがおいしいので」

言うと、延明はうすくて丸い形をした餅を串に刺し、炭火であぶった。

「胡餅……」

桃花はごきゅっと唾をのんだ。京師で『餅』といえば、小麦粉をこねてつくった麺類やすいとんのたぐいを指す。けれども桃花の生まれ育った故郷では、餅といえばこの胡餅のように、小麦粉をこねて焼いたものを指す。ちょっとちがうところもあるが、ふるさとの味だ。

小麦の焼ける匂いと、表面にまかれた芝麻の香ばしい香りが漂ってくる。ほどなくして手渡された胡餅は、ひとくち齧れば焼きたてとおなじように外側はぱりぱりとし、中はしっとりとやわらかい。

「おいしいですか？」

「はい、とっても」

桃花が味わっているあいだに、延明は例の人銜の蜂蜜漬けをとりだした。桃花にはその蜂蜜を湯で溶いたもの、そして延明自身には人銜の薄切りと蜂蜜湯が用意される。

口をつけるのかと思えば、延明は顔の前で袖を合わせるようにして拱手する。

「きょうは桃花さんに大変ご迷惑をおかけしてしまいました。まずはお詫びを申しあげます。私の不手際でした」

延明が言っているのは、織室に訪れた掖廷官たちのことだろう。

「たしかにあわてましたけれども、延明さまに咎あることではございませんわ」

伏せられた面を上げさせる。

「こういったことは早晩起きたのです。むしろ、のんきに構えていたわたくしにこそ問題があるのですわ。異動を打診されていましたのに」

「それとこれとは……」

「いいえ、延明さま。わたくしは、延明さまのもとで検屍官として働くと決めたのです。本来であればその日そのときに決断すべきであったと存じます」

「では」

桃花も居住いをただして告げる。

「どうぞ、わたくしを延明さまの力及びやすい部署に異動させてくださいませ。それと、才里も一緒に」

「ご友人は、この話に不審を抱いたりはしていませんでしたか？　こちらとしては、異動を納得させる説明を用意してあるのですが」

「問題ございません。というか、もともとおかしいとは気がついていたようなのです……」

桃花は、才里が掖廷官からかばってくれたこと、そして、桃花になにか事情があることには早い段階から気がついていたらしいことを伝えた。

延明は驚いたようだったが、話をきき終わるとふっと力をぬいたように笑う。

「よき友人をお持ちのようです」

延明は、どこか遠くを見るようにして目をすがめた。

「ここ数年私は、友とはいったい何であるのか、ずっと見失って過ごしてきました。しかし最近ようやく目が覚めたように思うのです。友とは信頼し合い、支え合い、寄り添い合う間柄なのだと。真の友とは、一度絆が見えなくなっても、けっしてつながりがなくなるものではないのだと」

延明はようやく蜂蜜湯に口をつける。くちびるを湿らせるようにしたあと、やさしく言う。

「ですので、桃花さんはどうぞそのご友人を大切になさってください」

「ええ。わたくしにとって、才里も延明さまも、どちらもかけがえのない友人ですわ」

「おや、では私のことも大切にしてくださる？」

「もひろんえふわ」

胡餅を口に詰めこみ過ぎた。

延明はあきれた顔をしたが、空になっていた蜂蜜湯をもう一杯つくってくれる。なんて甲斐甲斐しい。

「――いつも、ありがとう存じます」

口のなかが空になってから、礼を言う。胡餅を味わいながら、延明は「いつも？」とふしぎそうな顔をした。

「いつもとは、なにがでしょう？」

「いつも、延明さまには何かしらのお食事をご用意いただいておりますもの。対して、わたくしはなにも差し上げることができません」

「ああ、それならば、大切なものをいつもいただいていますよ」

「なんでしょう？」

今度は桃花がきょとんとする番だ。

延明はとてもくつろいだ様子で脇息にもたれかかった。

「時間です。こうして食事をしているあいだ、私は桃花さんの時間をいただいているのですよ」

「ちょっと意味がわかりかねますわ」

「いまこうしている時間を、とても大切に思っているのだという意味です」

それからしばらく、炭のはぜる音を聴きながらゆっくりと胡餅を味わった。

静寂の中、ふとなにかを思いついたようにして、さきに口をひらいたのは延明だ。

「——桃花さん、対食という言葉の語源をご存じですか？」

「いいえ、寡聞にして存じませんけれども」

「そうですか」

気づけば、延明は蜂蜜に古酒を入れて飲んでいた。うっすらと目もとも紅い。

「さて、そろそろ私ももどらなくては」

延明はのこりの胡餅（こべい）を包んで、桃花に持たせてくれた。

「延明さま、それではまた」

さきに桃花が房（へや）を出る。見送る延明の面差しはとても穏やかで、そのことにとても安堵（あんど）した。死にかけの姿はもう見たくない。

寝起きする五人房にもどると、臥牀（ねどこ）で才里（さいり）がもぞもぞと動く気配がした。もちろん綿敷きのある桃花の臥牀だ。

「おかえり。なんかいい匂いがする」

眠そうに才里が迎えてくれる。

桃花がほかほかの胡餅を差しだすと、一気に目が覚めたようで、かぶりついた。

「ああ、夜中に食べる背徳の味だわ。ありがと」

「いただき物なので、わたくしは礼を言われる立ち場ではありませんけれども」

「いいのいいの。気になるなら、お礼をあずかっておいて。それでつぎにこれをくれた人に会ったら、あたしからのお礼を伝えておいてちょうだい」

ぺろりと平らげると、才里は臥牀から立ちあがった。口をゆすぎに行くらしい。桃花はそのまま寝ようとしたけれど、首根っこを摑（つか）んで連れ出されてしまった。背徳の味とは、そのまま寝るから背徳だと思うのだが、ちがうのだろうか。

しぶしぶ半分寝ながら塩で口を洗浄し、うがいする。水が冷たくて、もはや苦行だ。

凍えそうな体をひきずってなんとか房にもどり、臥牀に滑りこむ。才里と団子になると、ほっと一息つけた。

「おやすみ、桃化」

「おやすみなさいませ」

そう言ってから、ふと薄く目を開けた。

「……そういえば、才里。対食の語源をご存じですか？」

才里が目をしばたたく。

「対食？　え、そんなの、向かい合って対のように食事をとるから対食、それで夫婦って意味でしょ？　まんまじゃない」

「対になって食事……」

「そ。菜戸ともいうわね。こっちもやっぱり食事が関係してるわ。まあそれもそうよね、いっしょに食事をとるって家族だもの」

おやすみ、と言ってたがいに目を瞑る。

眠りの入り口で、桃花は延明がなにを言わんとしていたのかを、ぼんやりと考えた。

もしかして、桃花と延明の関係もまるで対食のようだ、とでも言いたかったのだろうか。

「……わかっていらっしゃらない」

「ん、なあに?」

「なんでも。おやすみなさいませ」

延明はわかっていない。桃花はそう思いながら、ゆっくりと眠りについた。

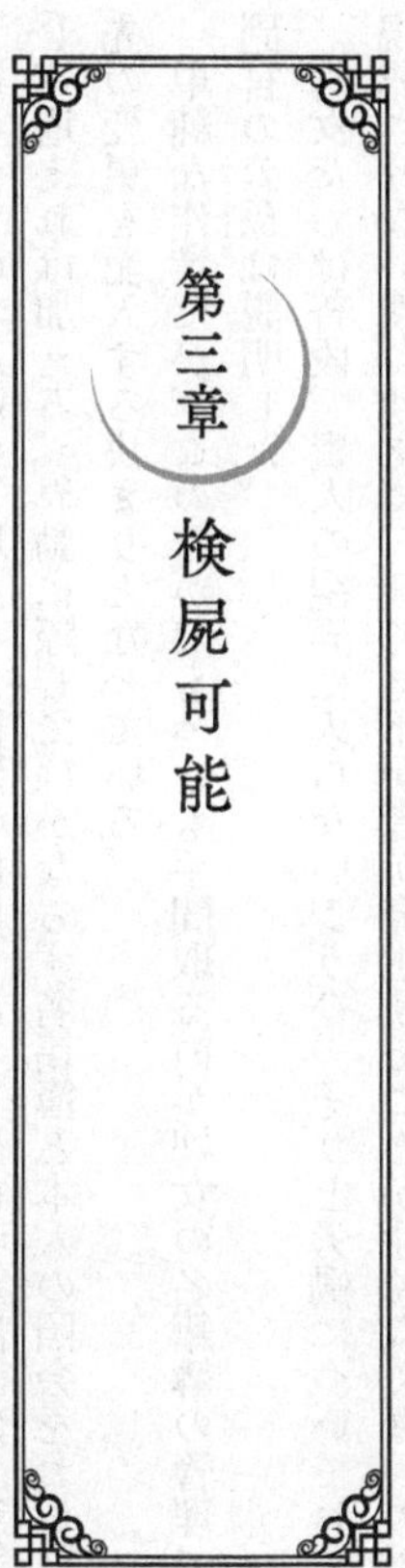

第三章　検屍可能

後宮内において、妃嬪から婢女にいたるまで、これは掖廷の管轄下である。

彼女たちの名籍簿の管理もまた掖廷の仕事であり、死亡者が出れば名籍簿から削除し、増えれば加える。異動に際してはかならず名籍簿と本人の照会をおこない、所属先の変更を記入する決まりとなっている。

単純な作業だが、このなかでもっとも手間取るのが婢女の名籍簿の管理である、と副官の公孫は説明した。

婢女たちは普段、貴人の視界に入らないようひっそりと労働についており、存在を視認されない性質ゆえに、ゆくえ不明者が発生することがすくなくないのだという。

「逃亡ということですか？」

延明が訊ねると、いえ、と公孫は否定する。

「多くが野垂れ死にとなっております。栄養不良と過酷な労働にて、仕事に出たさきで行き倒れてしまうもようです。だれもが日々のおのれの職務に手いっぱいでありますから、仲間内にて捜索されることはほぼありません。むしろひとり分の飯があまりますので、歓迎されることもあるようでして」

「なるほど。よって、名籍簿と実在人員とが合致しないことがまま起こる、と」

延明は渋面にて、提出された名籍簿を指で叩(たた)いた。

「しかし恥ずかしい話です。婢女の管理が行き届いていなかったばかりか、死体発見まで他署(よそ)にさきを越されてしまうとは」

他署とは、宦者(かんじゃ)署である。

後宮浄軍にて一名、逃亡と見られる小宦官(かんがん)のゆくえ不明者が発生していたが、あまりに目撃情報がないため、すでに死んでいるのではとのうたがいが発生したという。まずは手はじめにと下水処理の水場を漁網でさらったところ、上半身が引き上げられた。その後、全身が発見され、女とみられるため引き取りに来てほしいとの報(しら)せがあったのが、本日朝一番のことである。

あわてるようにして検屍官を向かわせ、同時に掖廷在籍官吏(かんり)五十名を投入して後宮内の名籍簿の再確認をおこなったところ、判明したのが婢女一名の不明であった。

「十区の婢女、金英(きんえい)。年齢五十一。最後に目撃されたのは二旬（二十日）ほど前……」

二旬ほど前、と延明は心のなかでくり返した。すでに周囲の記憶が定かではなくなっており、正確な日数は判明していない。それでもおおよそあっているだろうとの結論だが、二旬であれば、延明が帰郷していたあいだのことだ。

帰郷しようがしまいが事態は変わらなかったのかもしれないが、やはり悔やまれる。

そして長い期間管理が不行き届きであったということで、こちらもなお悔やまれた。

「掖廷令、詳細は自分の指揮下にて急ぎ調査中ですが、この金英に関しては気になる証言が」

「なんでしょう」

「周囲にて、盗難が多発していたとのこと。防寒のため女官に支給された内着一着、針に糸、それと米や塩などです。ところが、金英の姿が見えなくなってからというもの、これがぱたりとおさまったとのこと」

「盗んでいたのは金英であった可能性がある、ということですね」

発見された死体が金英か否かはまだ判明していないが、そうであるならば、この窃盗が何らかの形でかかわっているのかもしれない。

盗っ人が死体で見つかった場合、よくあるのは窃盗仲間との利益をめぐった悶着であるが……。

「しかし、また浄軍ですか」

後宮浄軍で王有を捕らえたのは、まだほんの二日前の話だ。また関わることになってしまうとは、なんたる因果か。

「婢女の死体、いまだゆくえ知れずの小宦官……」

もしや、このふたつはなにか関係があるのだろうか。

めんどうなことにならねばよいが、と考えて、一瞬であきらめた。掖廷とは、そういうめんどう事が仕事であるのだ。粛々と目の前の仕事を片づけていくしかない。

公孫が報告を終えてさがると、入れ替わるようにして、検屍と死体回収に向かっていた八兆と華允がもどってきた。焚かれた穢気除けが濃く匂うので、状態の悪い死体だったのだとわかる。なにせ二旬ほどが経過した死体である。

八兆がさきに進み出て、垂れ下がったまぶたを隠すようにして揖す。

「申しあげまする。検屍、および死体の回収が完了してございまする」

華允が死体検案書を提出する。その綴られた木簡のすくなさに、延明は気がついた。つまり記入することがあまりなかったということだ。その割に、身元の割り出しよりも時間がかかっている。

華允は視線に気がつき、なんとも青白い顔色にて報告を上げた。

「死体は性別不明でした。衣ですが、上は身に着けていません。鞋がありましたので卑賤の者と思われ、女物の裙が下半身に引っかかっていたことから、おそらく婢女と推定しましたが、確定ではありません。髪型不明。下水処理の水場の底から発見され、引きあげられたものでしたが、顔貌、性別が判別できる状態になく、筋や骨が……露出しているほどの……」

思い出したのか、華允が口もとを手で覆う。

延明は童子に棠を持ってくるように言いつけ、ひとまず華允を外に出した。

のこりの報告は八兆が引き継ぐ。

「腐乱死体にございまする。検屍不能、とわたくしめは判断いたしました」

「おまえが検屍不能と判断したものが、実際には可能であったことが過去にありましたね」

三区の井戸で発見された死体だ。あれはこの八兆が、桃李の検屍を見たいあまりにいつわりを申告してきたのだ。とはいえ、たしかに腐敗がひどく、当時のことを思い出すと延明も気分が悪くなってくる。どことなく死臭が漂ってくるような感覚すらした。

しかし八兆はゆっくりかぶりを振る。

「あのような状態すら、とうに過ぎておりまする。のこっておりまするのは、ほとんど筋や肉の一部にて。体内の臓器は流れ出ており、骨がかなり露出しはじめておりまする。数個にも分かたれ、あれはもはや死体ではなく、肉のついた骨と形容すべきかと」

「……ではどうするのです」

「個人特定、検屍ともに不能と申しあげまする」

延明がなにかを言おうとするのを制し、八兆は「しかし」とつづけた。

「土に埋め、肉の一切が土にかえるのを待ちますれば、いずれ白骨の検屍が可能となるやもしれませぬ」

「なにを悠長なことを」

冗談かとも思ったが、八兆の顔はいたって真剣だ。

「掖廷令、規定としましては、腐敗が進んで頭髪が脱落、皮肉腐乱により骨が露出し、傷の有無すら判別ができず、年齢容貌の判断が不能であり、死亡原因を判断できる状態にないものは検屍不能とみなす、ということになっておりまする。骨になればと申しましたのは、あくまでもそういった選択肢も可能性としては存在いたしましょうという提案にすぎませぬ」

「……」

延明はすこし考えてから、立ち上がった。

「わかりました。ただ、この目で死体を確認してから判断します。念のため言っておきますが、あなたの判断を軽んじているわけではありません。私の気が済まないだけです」

「お気遣いのあるなしにかかわらず、反対いたしまする」

八兆にしては厳しい口調だ。だが、延明を案じてなのだとわかっている。

「いつも頑迷な上司で迷惑をかけます」

しばらくにらみ合う形になった。

「……弱りましたな」

折れたのは八兆だ。八兆は延明が引かないと判断したのか、垂れたまぶたをさらに下げて嘆息した。

結論として、八兆の検屍不能という判断はまもなく採用された。

八兆をうたがっていたわけではないが、たしかに調べに耐え得る状態とはとても言えないありさまであった。

延明は死体の確認を終えて署の席にもどると、乾姜に山椒を配合した煎じ茶を飲みながら、持ち込んだ冊書に目を通した。かつて桃花に協力してもらって作成した、死体の死後変化とその時間について記したものだ。

これからますます寒くなり、ものが腐りにくくなる季節である。死体が土に返るのを助ける蟲や生き物も眠るか、あるいは活動が鈍くなる。

もしいずれ土中から掘り上げて検屍することとなったら、どのくらいの期間を待てば白骨となっているのか。春か、夏か、秋か……来年か、それとも数年さきの話なのか。おおよそのめどくらいはつけておこうという思いがあった。

「延明さま、どうぞお着替えを」

声をかけてきたのは小間使いの童子だ。申しわけなさそうに袍を差しだしてくるので、延明は苦笑した。

「臭いますか」

童子はなんとも困った顔をするだけだったが、着替えを勧めるということはそういうことなのだろう。なにしろ過去嗅いだことのないほど強烈な腐臭につつまれてきたばかりだ。八兆が止めたのに、近寄りすぎたのもあるだろう。

延明は袍を着替え、薫炉で一丸、避穢丹を焚いた。飲んでいる茶も吐き気止めである。まだ鼻の中が臭っているような心地がし、他のものの臭いがわからない。尋常でない異臭だった。

まいったな、と嘆息する。

もっとはやくに発見されていれば、ああはならなかっただろう。死者にもそのほうがよかったであろうし、諸作業につく掖廷官にとってもそのほうがよかった。

せめて浮かんでいれば、と思う。発見場所は下水処理の水場であるから、死体が水面に浮かんでいたなら、周囲で仕事をしている浄軍がもっとはやい段階で気がついたはずだ。

だが実際には、死体は水底から発見されている。浮いていなかったから、発見が遅れたのだ。

——沈んで発見されたならば、溺死体か。

そう想像して、違和感を覚えた。……ちがう。

いや、たしかに溺死の場合は沈むときいたが、桃花はこうつけ加えていたではないか。時間経過によっては溺死体でも、腐敗で生じた陰気によって浮上する、と。

今回発見された死体はもはや、肉が崩れて浮力を得るほどの陰気はのこっていないように見えたが、その前段階で、なぜ浮かび発見されなかったのか。

——つまり……そのときには水中になかった？　いまのような状態になってから、水中に投じられたとしたなら……？

わからない。だが妙だ。

あの死体が金英であるならば、消息不明となってから二旬ほど。いま手もとにある冊書に記された知識から考えるに、地上に放置したとして、二旬であそこまで腐敗できたとはとても考えにくい。時期的に、もうすっかり秋であったはずだ。

——どういうことだ？　夏の暑い時期ならばいざしらず……。

それとも、夏のような暑さがある場所に遺棄されていたのだろうか。

思いつくのは帝の温室、それに太官が管理する御料園である。御料園は帝が食する野菜を育てている菜園で、昼夜問わず埋み火であたたかくして生長を促進しているはずだ。腐敗に十分な温度がありそうだが、しかしいずれも後宮の外である。

後宮の外から下水処理の水場まで、腐乱死体を持ち込めたとはとうてい思えないが――。

「……っ！　公孫、公孫はいますか！」

延明は、几を蹴倒す勢いで立ちあがった。

童子が公孫は掖廷を空けていると答えたので、みずから中堂を出て掖廷官らを率いる。

「手が空いているものはみなついてくるように。それぞれ鋤をもちなさい。浄軍へ遺留物の捜索に向かいます」

堆肥だ。

おそらく、まだ発酵熱のある未完成堆肥のなか、あるいはその付近にて死体は保管されていた。発酵熱であたためられて腐敗が進み、そして堆肥に集まった蟲や小動物にも荒らされ、急速にあのような無残な状態になったのだ。

＊＊＊

才里は、巨大にして壮麗なる門を前にして、口をあんぐりと開けて驚いていた。

冰暉の案内にて、桃花とともにわずかな荷物を手にして異動してきたさきでのことだ。

「ちょ、ちょっと桃花、中宮門よ！　あたしたち、皇后さまにお仕えするの？」

「おそらく」

桃花としては、大かた予想していたことだ。延明にとってもっとも都合のよい配属先は、やはり中宮である。

才里は顔を真っ青にしたり真っ赤にしたりと忙しなくしながら、「どうしようどうしよう」をくり返している。

「才里……いやでしたでしょうか？」

「そんなわけないじゃない！　でも緊張するわ。粗相があったらどうしましょう。でもでも誠心誠意お仕えすれば大切にしていただけるかもしれないし、いまは皇后さまに風が吹いているし、運が良ければ田充依みたいにドカンと出世することだってあるのかもしれないし!?」

「……つまるところ？」

「がんばるってことよ。よし、行くわ！」

「おう、もう気が済んだか」

言ったのは、桃花たちを迎えにきていた点青だった。「よっ」と手をふるので、小さくあいさつを返す。

「あんた、点青さまとお知り合い!?っていうか、あいさつそれじゃだめだから!」

言われて、そうかと気がつく。点青は大長秋丞。大長秋とは皇后の侍従長を言い、丞とはその副官である。秩石にして六百石の宦官だ。

あわてて礼をとろうとするふたりに、点青はめんどうくさそうに手を払う。

「俺は異国人だから、そういう礼は馴染まない。正式な場だけでいい」

さっさとついてくるよう言って、点青は歩きだす。

ここまで送ってくれた冰暉に感謝を述べてわかれ、桃花たちはあとにつづいた。


路門または禁門と呼ばれる門のうちを内廷と呼ぶ。この内廷という言葉には、帝が側近高官と日常政務をおこなう路寝から、国母である皇后のすまい、そして男子禁制である後宮まで、様々な施設がひろく含まれる。

しかし路門のうちを燕朝と呼びならわすときには、後宮や諸施設は含まれない。

天子が所有する燕朝とは、路寝、帝が休息をとる燕寝、そして皇后のすまいである後正寝の三つをいう。後宮が含まれないのは、まったく格が異なるからである。

また、後宮は大勢の妃妾が暮らす全十四区をまとめて後『宮』と称するのに対し、皇后がすまう後正寝はそれだけで中『宮』と呼びなされる。

そのちがいを肌で感じながら、桃花と才里は案内に従って背筋を正して歩いた。随一の寵妃であった梅婕妤の昭陽殿も、視界に入るすべてが一級品の豪勢さであったが、中宮はそもそもの造りからしてちがう。台基は高く、天に届く身分であることをしめす正階はふたつ。風格漂う涼楼がそびえ、宙に浮くような閣道にて正殿・椒房殿と直結している。椒房殿と昭陽殿は規模こそ匹敵しているが、梅婕妤の昭陽殿はあくまでも一代で財貨が投じられてできたもの。対する椒房殿は、数百年という歴史が積み上げてきた動かしがたい風格があり、やはり圧倒的であった。

猫背になるたび才里に無言の叱咤をされながら歩き、たどりついたのは正殿――ではなく、その東に建った堂である。

「孺子堂という。ここで侍女として仕えてもらう」

点青が言うと、才里はさっと周囲に視線をめぐらせた。通常、正殿は南面し、そこから東に位置するのは長男の養育施設など、格高い建物と決まっている。

「あの、大長秋丞、こちらにはだれがお住まいですか？　順当に考えれば皇后さまのご長男ですけど、太子さまは東宮にお住まいです」

「まあ殿下は殿下にちがいない。心してお仕えしてくれ」

「殿下は殿下って、まさか……」

「三の君、蒼皇子だ」

点青が言うと、才里は「嘘!?」と両手で口もとを覆った。

蒼皇子といえば、母である梅婕妤が亡くなったあと、皇后がひきとったのだとはだれもが知る話である。しかしまさか、太子が暮らしていた堂で養育されているとは桃花も思わなかった。大切にされているということで、ほっと安堵する。

才里は涙ぐんだ。

「どうしてらっしゃるか、心配しておりました。まさかお仕えできるなんて」

「よろこんでくれるのはいいが、あまり楽観できる状態でもない」

点青がため息まじりに言う。

「梅婕妤の女官らはなにを吹きこむかわかったもんじゃないから、これまで皇子を世話していた女は全員外した。よって、知らない顔に囲まれ、知らない建物での新生活を送っているが、そのせいか完全に塞ぎこんでいる」

「まあ、おいたわしい……」

「おまえたちなら信用があるし、皇子とは面識もある。侍女として問題なかろうという推挙があったため採用した。たのんだぞ」

「お任せください。この才里と桃花、誠心つくして蒼殿下にお仕えいたします」

「わたくしたちの採用、ありがとう存じます」

礼を言い、さっそく三人で孺子堂へと向かう。

中からはなにやら騒音が響いていた。器の割れる音、重いなにかが倒れる音、子どもの叫ぶ声。

「……蒼皇子は塞ぎこんでいるが、癇癪も起こす。俺は参ってる」

点青が世話をしているわけではないだろうに、そんなことを言う。

「さて、まずはあいさつをしなくてはならないが、いったいいつになったら入室の許可がおりるかな」

点青が中をうかがい、桃花と才里はその背後に控えて待つ。才里は蒼皇子が心配なのか、気を揉んだ様子で点青にたずねた。

「いったい、中でなにが起きているのですか？　殿下はご無事なのでしょうか」

「あぁ、どうやら女官に剝いてもらっていた甌柑の皮から汁が飛んだらしいな。それで暴れてる」

わかる。と桃花は思った。かんきつ類の皮はやたらと汁が飛ぶ。食べたあとで几を拭けだの手をぬぐえだの才里がうるさいので、めんどうな食べ物である。

だからといって癇癪はいけないが――

「才里っ⁉」

女官の短い悲鳴が上がったかと思えば、同時に才里が中へと踏みこんでいた。

「おやめください、殿下！」

才里の一喝が響く。水を打ったようにあたりは静まり返った。

あわててあとにつづいた桃花が見たのは、膳がひっくり返り、飛び散った羹の具や肉、黍などが散乱した室内だ。元凶となったと思われる剝きかけの瓯柑も転がっていた。

平伏して震える女官、そのわきに棒立ちになっている子どもが、蒼皇子だ。

「………才里」

ぽかんとした子どもの声が、才里の名を呼ぶ。

「女官の打擲はなりません、殿下」

断固とした声で才里が言い、女官と蒼皇子のあいだに立つ。

「それに食べ物もまた、粗末にしてはなりません。五穀は天から賜り、民草が育てたものです。天子の一族がそれをおそろかにしてはなりません」

蒼皇子はきいているのかいないのか、目をうるませたかと思うと、ぎゅっと才里にしがみついた。まとっているのは麻の喪服で、その白さが痛々しい。

点青はあからさまにめんどうくさそうな顔をしながら、「あらたな侍女として、この二名を配属いたしました」と報告する。

いよいよ蒼皇子は「才里！」と声を上げて泣きはじめた。

それから、しばらく蒼皇子は泣いた。

才里に慰めてもらいたかったようだが、才里が頑として「床が片づいてからでないとおそばでお世話はできない」と言い張ると、散らかしてしまったことも後悔していた様子だった。

「……たいへんでございましたね」

ようやく片づけが終わり、才里が脇息に伏すようにしてうなだれている蒼皇子の背をさする。蒼皇子にしてみれば、母である婕妤が死に、その一族らが処刑された一連の事件は、『たいへん』などというひとことではとても済ませられない衝撃的なものであっただろうが、素直にこくりとうなずいた。

「おさみしいでしょうけれど、あたしも桃花もおります。ここでゆっくり婕妤さまを偲んで、三年の喪に服して参りましょう」

「……三年経ったら、私はどうなりますか」

問う蒼皇子の目の下には、あきらかに隈が見える。顔色もよいとはとても言いがたかった。桃花たちにとっては蒼皇子といえば天真爛漫な存在であったので、この憔悴ぶりには胸が痛む。

「おそらく領地をいただき、王として冊封のときをお迎えになるかと存じます」

「やっぱり、僻地に追い出されるんですね」

ことし九つの蒼皇子は、悲愴な顔でうめくように言う。

「僻地だなど、なにをおっしゃるのでしょう」

「隠さなくても知っています。おじいさまが私をゆくゆくは太子にしようと画策していたって。私は火種です。生かしておいていいことなんて、何もないんです。始末されるか、僻地で幽閉されるか、私にはもうそれしかない。……さっきの甌柑の汁も、毒かと思って、こわかった」

震える蒼皇子に、桃花と才里は顔を見合わせた。

つまり、皇子は暗殺を恐れているということだ。

「毒などと、そんな。天子の御子に、だれもそのようなことはいたしません」

「そうですわ。それに甌柑の皮の汁などで人は死にません。むしろ蟲除けになりますので、顔に飛び散ったなら、これ幸いと塗りひろげるのがよろしい処置かと存じます」

「蟲除け？」

「さようでございます。それに多少皮膚にかかったからといって、死に至るような毒薬はございません。目に入れれば失明するものもないとは申しませんが、これもやはり死には至りません。ご安心くださいませ」

「……失明は、いやです」

いっそう皇子が震えるので、才里に目で叱責された。

「殿下、だれもそのようなことは致しませんし、あたしたちがそばでお守りしております」

「才里と桃花はいいのです。……でもほかのだれも、信じない」

蒼皇子は頑なな様子で、視線を落とした。

それからほどなく、散らかっていた朝餉が用意し直されることとなった。

蒼皇子の目の前で嘗毒がなされ、ひとつひとつに才里が磨いた銀の札がさしこまれる。皇子が食べる直前にそれを引きぬいて色の変化がないかを確認し、さらに銀の箸、銀の匙を用いて食事する。

火鉢に炭を足しながら、桃花はそれをそっと見守っていた。

暗殺に怯える蒼皇子のため、食事の前にいくつか助言をしたのだ。

銀が反応する毒は砒霜などに限られていること。

さいわいというべきか、植物毒の多くは苦みを持っているので、ゆっくりよく咀嚼して食べ、普段の味との差異に気がつくことができれば危険は減ること。また、どの皿もまんべんなく、少量だけ手をつけるというのも危機を回避する方法として適していること。少量の摂取で死に至ることはまずなく、これならば一度に致死量を摂取することはない。

そしてもっとも危険なのは、異変が起きたときに飲む解毒薬であるということ。

食事で口にさせた毒物は囮で、解毒薬と称した毒物が本命である可能性についても説明した。

　とはいえ、これらはあくまで蒼皇子の気を安らげるためのものである。蒼皇子を暗殺して得する人物など、いまのところ存在しないだろうというのが桃花の見立てだ。

「――もう、下げてよいです」

　すべての皿を味わう前に、蒼皇子は箸を置いた。才里がもうすこし食べるよう勧めたが、食欲がないという。目が合うと、才里は弱り果てた顔で首をふった。

女官らによると、皇子は一事が万事この調子であるのだという。

＊＊＊

　皇子の日常とは、勉学である。

六歳で師傅(せんせい)がつき、王に冊封されて後宮を去るまで、『詩経』『孝経』『左伝』などの経典、そして帝国の歴史がつづられた史書など、さまざまな書物を用いて十年ほど学びに浸る。

　これが十年であるのは、十六歳には王に冊封されて後宮を出るためである。後宮は男子禁制であり、それは皇子といえども例外ではない。十五、六で男児は男性として認められるために、以後は後宮にとどまることが叶(かな)わない。

勉学の時刻としては、日の出から日の入り前までという長時間が奨励される。東宮にうつされた太子にはこれが強行されるが、後宮内の皇子に対してはまだゆるい。遅い朝餉を終えて、皇子がようやく師傅が待つ学堂へと向かうと、女官たちのあいだにほっと安堵の空気がひろがった。

もう午になるか、ようやく女官の朝餉である。

「あの様子じゃ、いつお倒れになってもおかしくないわね」

厨にて、桃花と才里は食事の載った膳を受けとり、一息ついて腰をおろした。皇子がのこした皿は、階級の高い女官から順にお下がりをいただいていくので、侍女となったふたりの膳には馬肉の羹や肉の塩焼きが載っている。なつかしき贅沢だ。

「ええ。それにしても、殿下はなぜ暗殺などを恐れるのでしょう……？」

火種となるから皇后や帝が蒼皇子を疎ましく思っている、というように考えているようだったが、それは正しくない認識だと桃花は思う。

帝らにしてみれば、爵位をあたえてさっさと後宮を出してしまえばよいだけの話なのだ。蒼皇子の母族はそれだけのことをしたのだから、反対する者もいないだろう。皇后も、わざわざ中宮に引き取って、それから暗殺するというまどろっこしいことなどする必要がない。むしろ中宮で死なれたらめんどうなはずである。

酷かとも思いつつ、桃花はこのことについてしっかりと蒼皇子に語ってきかせたのだが、蒼皇子は「それでも怖い」という。理解しがたい。

　才里は口に運んでいた匙を置いた。

「たぶんだれかから、なにかおかしなことを吹きこまれているのよ。殿下を取りこみたいだれかがいるんだわ。よく性悪な女も使う手よね、『あんたのまわりは敵ばっかりよ』って危機感を吹きこんで、それで『でもあたしだけは味方だから』って顔する女。そうやって相手を自分に依存させるのよ」

「わたくしも最近、『あたしだけは味方』と吹きこまれたばかりですけれども」

「ばか！　と才里は軽く眉をあげて、桃花の膳から肉を一切れ奪って食べた。

「とにかく、あたしたちがついてる以上、そんなことはさせないわ。さ、早く食べるわよ。支給していただいた深衣に着がえて、孺子堂の中も覚えないと。あと女官も全員把握するわよ。どの家の出身か、あやしい人物じゃないか……あたしの情報網を甘く見ないことね」

　だれに向かって宣言しているのか、才里は強気なまなざしで言って、飯をかきこむ。

「でも、女官はみな皇后さまがお選びになったのではありませんか？」

「そうなんだよな」

　と、急に女性ではない声が響いて、桃花と才里はびくりとしてふり返った。点青だ。

「女官はみな問題ないだろう。問題はこの勉学の時間だ。この時間は典籍の府である石渠閣で勉学をうけているが、ここに中常侍が出入りしている。なにか吹き込んでるのはこいつだ」

「中常侍……」

中常侍といえば、帝の側近宦官である。

そういえば、かつて延明が腐刑に処される原因となった事件にも、中常侍が関係していたのではなかっただろうか。たしか中常侍が帝に対して、延明の祖父を陥れるような密告をおこなった、というような話だった。

最終的には百官によって中常侍の罪が暴かれ、排除されたときいているから、いま話に出ている中常侍とは別人なのだろう。しかし、帝の側近であるがゆえの強大な権力を有していることにはちがいない。

「中常侍っていったら、婕妤さまの昭陽殿にもよく出入りしてたわよね……」

「そう、つまり梅氏派だ。朝廷の梅氏派の粛清は進んでいるが、外とちがって掃除できないのが内廷ってもんでな。とはいえ、玉座が代替わりすれば、もと梅氏派なんてもんはみんな絹を賜るか浄軍行きだ。やつら後ろ盾をうしなって、現実を思い知ったんだろ。きたる日に備えて生きのころうと、いろいろ策を弄しはじめてる」

帝より贈られる長さ五尺の白絹は、自裁せよという命令である。

「策を弄するって、つまり蒼殿下をとりこんで利用しようとしているってことですか？」

「だろうな」

才里は表情を曇らせた。

「主上はご存じなんですか？」

「お、大家にご意見か？　向こう見ずもいいとこだな」

「いえ、そういうわけでは！」

「まあいいさ。大家は知ってるだろうが、期待するな。中常侍ってのはやっかいなんだよ。伴伴だからな」

「伴伴とは？」

桃花が訊ねると、点青は意外そうに青い目を丸くした。

「なんだ、あいつとはそういう話にならないのか？」

あいつとは、おそらく延明のことなのだろう。延明と中常侍という役職は因縁深い関係であるから、とっくにそのくらい聞きかじっていると思った、とでも言いたいのか。桃花としては、そういう話を才里のまえでほいほいとするほうが疑問である。

案の定、才里はなにか問いたそうな目でこちらを見ている。桃花が困り果てて黙していると、点青がなにごともなかったかのように説明をはじめた。自由人だなと思う。

「覚えておくといい。伴伴ってのは、皇帝がまだ幼いうちからずっと世話役としてついてた宦官をいう。仲間、みたいな意味合いだな。俺たちが呼ぶんじゃないぞ、大家が「伴伴よ」と呼ぶわけだ。朝起きてから寝るまでずっと一緒に育つから、親子のような、兄弟のような、ふしぎで強固な仲間意識が生まれるんだろう。まあ大家からしてみれば、ふつうの宦官とはまったく存在価値がちがうんだな」

「そんな。だから、なにをしてもゆるされるってことですか？」

「なにをしてもってわけではないが、大家はかばうだろう。もともと大家には伴伴がふたりいたが、生きのこっているのはひとりだけだ。失いたくない気持ちは強いんじゃないか？」

「そんな……」

「皇帝って存在は、大勢に囲まれてるわりに孤独なんだよ。まあ俺に言わせれば、娘娘のほうがずっと孤独に暮らしているわけだが」

言いながら、点青は桃花の膳から最後のひと切れだった肉をつまみ食いする。

「とにかく、中常侍の干渉は断つことができない。向こうはこれからも蒼皇子に接触をするだろうし、懐に潜りこもうとしてくるだろう。皇子の懐に潜りこむことで、難を逃れる盾としようとしているはずだ」

「あたしたちはどうすれば？」

「おまえたちの仕事は、蒼皇子の御心をお支えし、中常侍なぞに利用されないほどすこやかに育てることだ。いいな？　余計なことはしなくていい——というか、絶対にするな。まさか娘娘の住む中宮にまでやってくることはなかろうが、忘れるな。あれは内廷に棲むけだものだ」

いいな？　と念を押し、厨の入り口に待機していた女官を呼び寄せる。これまで蒼皇子を世話していた女官長だ。

「おまえたちのほうがよほど蒼皇子とは付き合いが長いだろうが、ここの取りしきりに関しては彼女からくわしい説明を受けてくれ。もちろん、これからもともに皇子に仕えるようになる」

頼んだぞと言い、点青は去って行った。

＊＊＊

死体が増えた。

なんてことだ、と天を仰ぎたくなるのをこらえながら、延明は八兆が検屍にとりかかろうとしている死体を眺めた。両腕を力なく頭上に掲げた姿勢で発見された、小宦官の死体だ。

——これは、読みが当たっていたとみるべきなのか……？

死体を発見したのは、浄軍敷地内にて発酵が済んでいない堆肥の山を崩し、内部、あるいはその周辺に婢女の遺留物はないか、しらみつぶしの捜索をしていたさなかのことだった。

作業にあたっていた者のひとりが、埋もれていたところを発見したのである。

「小宦官、万寿。年齢は十三、浄身」

華允が身元を告げる。死体の顔を確認したのは、後宮浄軍の責任者だ。この万寿が、ゆくえ知れずとなっていた小宦官だとのことだ。顔貌は変わっているが、面影があるという。

なお、宦者署にも死体発見を連絡したが、「承知した」で返答は終わっている。死んでいたことが判明したので仕事は済んだという解釈なのだろう。

八兆が死体の身長を測って読みあげ、華允が助手をつとめながら記録をしていく。

死体は堆肥から発見されたせいで、全身がひどく汚れていた。半開きの目や鼻、口にも汚れが詰まり、力なく横たわっているさまはあまりにも憐れだった。

ざっと着衣状態で全身の調べを終え、八兆と華允が衣を脱がせる。肌を見やすくするために水が掛けられ、汚れが流された。

あらわになったのは、あきらかなる暴行の痕跡だった。頭部には出血の痕があり、腐敗による変色とは異なる打撲痕が全身に見てとれる。

「八兆。この小宦官、ゆくえ知れずであるとの報告が上がったのは、二日前の朝だそうです。前夜からすでに死亡していたと仮定するならば、二日半ほどが経過していることになります」

「いつごろ死亡したかという話でござりましょうが、堆肥がまだ発酵熱を有していて温かったのでござりましょう。気温、それに埋まっていたという条件に対しまして、腐敗の進行が速うござりまする。……死亡時期を確定するには問題がござりましょうな」

八兆が言うように、死体はすでに腹部を中心として広範囲にて淡青藍色に着色し、濃く変色した血管が粗い網目のように浮き出ている箇所もあった。

姿勢は、万歳を思わせるような、やや不自然に両腕を上げた状態である。硬直もほとんど緩んできているという。

延明の印象としては、死後、足を持って引きずって移動させられたのではないかと思われた。ずるずると引きずられ、両腕を上げた状態となり、そのまま埋められたのではないか。

検屍の記録をとりながら、華允が目をすがめる。

「頭部の外傷がひどいです」

華允よりも若い、まだ十三歳の少年だ。より痛々しく感じるのだろう。

「これは他物傷ですな。右側頭部、左後頭部、左肩、右手、背中に二か所の殴撃を認めまする。背後から襲われたものと推定いたしまする」

それから仔細に打撲痕を確認する。

「肩、そして背中には斜めに長い打撲痕。明瞭に棒状を有しておりますな」

「棒ですか」

「たとえますれば」

と、八兆は垂れたまぶたを上げ、堆肥を掘るのに使用してあった鋤を視線でしめした。

「あのような物の柄かと推定いたしまする。この者を打ち据えた凶器は、ひとが握るようにつくられた太さにござりまするゆえ。予断はよろしくありませぬが」

「参考にします」

そうして手順を踏み、のこりの箇所を調べ終えた八兆は、死因を他物による頭部外傷であるとの鑑定を下した。殴殺である。

風が強くなり、掖廷の院子には弱く西日が差していた。

冬は日がみじかい。もうじき一気に暗くなるだろう。

「掖廷令、公孫がただいまもどりました」

掖廷署中堂の外から声がかかり、延明はこれを中へと通した。

中堂正面に配置された掖廷令の席の前には、華允、八兆、そして公孫がならぶ。

「報告を。――いえ、全体を浚って整理しながら、それぞれの情報を共有しましょうか」

はやく職務から解放してやりたいが、もうすこしだけ時間をもらうことを詫びた。

「ではまず、けさ発見された女の件から。浄軍内の宦官にゆくえ不明者がいるとのことで捜索がおこなわれ、下水処理の水場にて、底に沈んでいる当該遺体が発見されたのでしたね」

「わたくしめらが到着したときには、すでに水揚げが済んでございました。漁網にて引き上げをおこなった宦者署の者によりますと、比較的水辺より近くにて発見されたとのこと。また、死体はすでに数個にわかれておりましたので、水辺より投げ捨てて遺棄することも可能であったやもしれぬとの話でございました」

八兆が言うと、華允がつづけた。

「また、検屍での身元判定は不能でした。検屍もできてません」

言いながら思い出したのか、華允の顔色が青くなる。

「そうでしたね。推定婢女であろうとされ、十区内では金英という名の婢女がゆくえ知れずとなっています。現時点で、この遺体を婢女金英とすることに問題はないでしょう。ゆくえ知れずとなってより二旬ほどとされています」

ゆくえ知れずとなった時期が死亡時期とするなら、死後二十日ほどが経過していることになる。

「この金英(きんえい)についてですが、盗っ人である疑いが掛けられていましたね」

これに関しては公孫(こうそん)が周辺事情を調べさせていた。視線を向けると、公孫がのびている背筋をさらに正す。

「はっ。金英周辺ではたびたび盗難が発生しており、行方不明後は止んでおります」

「たかだか二十日で『止んだ』と評されるほど頻繁であったのですね？」

「さようです。大小さまざま、針一本から厨(くりや)の匙(さじ)、麻、防寒用の内着、米、塩などが判明しているところです。夏以前はとくにこれといった問題はなかったようなのですが、冬越しを前にして頻発するようになったとのこと。ちょうど金英ではないかとの疑いが強まっていたところであったそうであります」

市井でも秋、そして年末などは窃盗が増える傾向にある。秋はやはり冬越しへの不安から、年末はすこしでも豊かに新年を迎えたいとの思いからであるときいたことがある。

「なお、気になる点が。この金英の起居周辺からは、ほとんど盗品がみつかっておりません。匙は寝ていたござの下に埋まっておりましたが、発見に至ったものはそれだけで」

「こういった者たちは、貴重品を埋めて保管するのが通常では？」

「はい。金英が盗っ人と仮定すれば、米などはいずこかに埋めてあるのかと。しかし、防寒着を埋めては盗んだ意味がございません」

もっともである。

延明（えんめい）は几（つくえ）にひろげてあった死体検案書、そのわずかな記入事項に視線を走らせる。

水中より引き上げられた際、上は身に着けておらず、下半身には裙（くん）、足には麻で編んだ鞋（わらじ）がしっかりと緒（お）で結ばれていたようだ。——しかし、防寒着の記載はない。

「堆肥（たいひ）のなかの遺留物を捜索していた掖廷（えきてい）官らからも、着衣のたぐいが発見されたという報告はあがっていませんね」

なお、金英のものと見られる頭髪は発見されている。一部ではなく、ほぼ丸々といった形であたたかい堆肥中にあったため、そこが金英が腐敗するまで遺棄されていた場所だと特定された。

堆肥の隅のほうであり、埋めるというよりは堆肥をかけるという表現のほうが適当と思われるような位置で、あまり深くもなかったようである。

「防寒着……水底とかですかね。でも、よく浚（さら）っていたはずなんですけど」

「そうですね。それでも見つかっていない理由としては、ざっと思いつくもので三つ。

ひとつは、水底あるいは堆肥中にまだ発見されずのこっている可能性。ふたつは、窃盗には共犯がおり、共犯者が所有している可能性。三つ目は、盗品を盗まれた可能性です」

「ひとつ目をのぞきますれば、のこりふたつはどちらとも、なんらかの諍いとなったことが疑われるかと存じまする」

八兆の言うとおりだ。

諍いが起きていたとすれば、それが死を招いたとも予想される。

「そして、金英の死に濃厚に関連がありそうなのが、小宦官・万寿ですね」

延明はもうひとつの死体検案書を取りだした。

「宦官は掖廷管轄外ですが、金英と同じように堆肥に遺棄されていた――これは偶然とは考えにくい共通点でしょう。しかも金英は十区の婢女であり、十区の清掃を担当しているのは梅婕妤の昭陽殿から落とされてきた宦官らと、加えて泥巌という宦官で、これに万寿が含まれます」

全員の視線が華允に向いた。泥巌がかつて華允の師父であったことは、ここにいるみなが知っている。

「華允は……」

「いやです。おれを外さないでください」

延明が言いかけた言葉を、華允がさえぎる。

「ですが、おまえはあまり関わらないほうがよいでしょう」

浄軍には、華允を虐待していた泥厳がいる。

「そんなことで外されたくありません。おれ、せっかく掖廷官になったのに……仕事をさせてください」

「気持ちはわかりますが」

延明は、泥厳が一瞬——ほんの一瞬だけ見せた、残虐な目を覚えている。気のせいかとも思うほどの刹那であったが、あれは尋常ではない。危険な男だ。

どう説得したものかと考えていると、公孫が口をひらいた。

「華允、おまえは外の世を知らないから意識しづらいのだろうが、宦官というのは多くが刑余の者であることを忘れてはならない。おまえは、犯罪行為によって腐刑をうけた者らに囲まれて生活しているのだ」

「さよう。肉体を切り取られても、更生せぬ者は更生せぬものと心得なくては」

「公孫さん、爺、でも……」

「言い添えておきますが、公孫は父親の受刑を肩代わりしたもの、八兆は自宮です。このふたりは刑余の者と呼ばれるような立ち場ではありません」

延明はふたりの名誉のためにつけ加えて言う。

なお、自宮はみずから志願して男性の切除をおこなったものだ。時代によって増減するが、いまの世では少数派となっている。たしかに刑余の者が多数を占めているので、公孫の言葉はまちがいではない。

「泥巌ですが、諸葛充依に仕えていた頃の姿を思えば、あの人物が腐刑に至った理由が男児への執着と暴力であったろうことは想像に難くありません。警戒するに越したことはないでしょう」

「……そういえば、万寿も小宦官ですよね」

華允が言う。延明も、そこは気になっていたところだ。華允に虐待を加えていたように、万寿に対してもなんらかの暴力行為がおこなわれていなかったとも限らない。

「延明さま、それに金英が勤めていた十区は、浄軍に落とされる前に泥巌が勤めていた区域でもあります」

わかっている、とうなずいてみせ、延明は公孫に報告をうながした。

公孫はこの時間まで、後宮浄軍にて聴取をおこなっていたのだ。さすがに全員とはいかないので、今回の件と関連がありそうな宦官らを抽出しておこなった。もちろん泥巌も含まれる。

「聴取をおこないましたのは、十区への出入りがあった九名。内、八名が梅婕妤の昭陽殿から落とされてきた者たちです。この八名には『作過死』の件で収監されている王有も含まれます。のこり一名が泥巌」

　聴取内容を書きつけた木簡を取りだして、公孫は読みあげながら説明する。

「まず死亡した小宦官の万寿ですが、最後に姿が目撃されたのは三日前の夜。この日はちょうど配給のあった日で、みな夕餉のあと、後宮浄軍を束ねる責任者のもとへ足を運び、ひと月分の粟米を受けとって帰っております。これが日の入りごろ。その後は受けとったばかりの粟米をかけての賭博がひらかれており、これに万寿も参加しております」

「賭博とは……。そういえば、明かりはどうしていたのです？」

　賭博といえば六博だが、日の入り後では賽の目を見るにも暗かったはず。浄軍で油燭を用意できるような余裕はないと思うが、賭博にしろ逢い引きにしろ、ずいぶん夜まで宦官たちは活動していたようである。

「それが、堆肥をつくる際に使用する稲わらをくすね、苣火に代用していたようです」

　苣火は軍用灯としてよく使われるものだ。葦や茅を束ねてつくる松明である。

「この賭博は空き房にて深夜までおこなわれたもよう。参加したのはまず、死亡した万寿、そして万寿と同房である泥巌と白卓の三名。くわえて、孟瀆、小宦官の貂天の二名。以上計五名」

　賭博は深夜までおこなわれたとのことだ。

「途中、白卓が用を足しに離れています。その際に、水場へと逢い引きに出かける王有の姿を目撃」

「ああ、あの証言をしていた者ですね」

蟬女の『作過死』を調べていたときにあった証言だ。

「はい。王有を目撃して賭博にもどり、それからやや経ってから、万寿が泥巌に大勝して抜けたとのこと。この早ぬけには小宦官の貂天が同行しています」

「大勝ですか」

「ただ、万寿も小宦官の立ち場で大勝をしてはまずいと思ったようでして、勝利ぶんの粟米のうち、一部だけを受けとって急いで去ったようであります」

遠慮はしたようだが、恨まれなかったとは限らない。

しかも相手はあの泥巌である。

「白卓が王有の姿を目撃してもどってから、万寿と貂天が早ぬけをするまでが三刻ほどだそうです。貂天によると、帰りがけ手前の房から出てきた朱章に、『王有を知らないか』と問われたとのこと。これに知らないと答え、このふたりは別房にて、それぞれわかれて入って寝たとのこと。朱章も貂天と万寿がわかれて房に帰るところを目撃したと証言しております。また、このあとすぐに王有がもどってきますので、蟬女の件であった三刻という証言とほぼ整合性もとれているかと」

だがこの三刻ののち、万寿のゆくえは知れなくなっている。

「泥巌は賭博をいつ抜けたのですか？」

「泥巌を含めたのこり三名は最後までいたようです。深夜終了し、帰ったとのこと」

公孫は非常にむずかしい顔で告げる。

「その帰りなのですが、三人はまず孟瀆の房に寄り、孟瀆の同房人も交えて談笑したとのこと。それから泥巌と白卓はふたりで自分らの房に帰った、と。そのときには万寿はいなかったと証言しています」

「……まってください」

頭がこんがらがってきた。

――万寿を殺害することができたのは、だれだ？

だれに可能だった？

「丁寧に整理していきましょうか。まず房割りの確認を。それから時系列です」

公孫が華允から筆をうけとり、書付けを五枚用意した。一枚につき一房とし、順にならべて記名する。

北から順の房割り表と時系列表は、つぎのようになった。

【房割り】

・空き房、賭博がおこなわれた
・孟瀆、賭博不参加者（一）
・王有、朱章
・万寿、泥巌、白卓
・貂天、賭博不参加者（二）（三）

【時系列】

・賭博がはじまる。
・白卓、用足しに外へ。水場へ向かう王有を目撃してもどる。
・三刻後、被害者の万寿と貂天、退席。朱章に会う。それぞれ房へ。王有もどる。
・賭博終了。泥巌、白卓、孟瀆はともに孟瀆の房へ。賭博不参加者（一）を含めて談笑。
・泥巌、白卓、ともに房へ。このときすでに万寿はいなかった。

表を囲んで眺め、「あの、これだと泥巌は犯人じゃないですよね」と華允が言う。

「ひとりになった時間がないですから。白卓とは同房ってことは、寝るまでいっしょですし。しかも、帰ったときにはもう万寿はいなかった」

「白卓が寝入ったあと、こっそりと抜けだして、どこかで万寿を殺害することは可能ではあるでしょう」

延明はそう否定したが、公孫が「それが」と渋面する。

「白卓によると、臥牀に寝転んだあとも賭博についていろいろと語るところがあり、ふたりは長時間起きていたようなのです」

となると、抜けだすのはそれよりあととなる。それまでの長時間、万寿がもどらなかったことは不自然だ。その話がほんとうならば、すでに殺害されていたと見るべきだろうか。

「貂天という小宦官の証言は、信用に足るのでござりましょうか？　万寿を帰り道で誘い出して殺したのやもしれませぬ」

八兆の疑問は、公孫が否定した。

「いいえ。貂天が万寿と帰り、それぞれ房に入ったところまでは朱章が目撃しているのです」

「房に入ったと見せかけて、すぐに出ることは不可能ではござりますまい？」

八兆が食い下がったが、公孫は首を横にふる。

「貂天の房には、賭博に不参加であったふたりがのこっておりました。このふたりがそれを否定しております。また、寝入った後にぬけるのもむずかしいでしょう。暖をとるために貂天をふくめた三人でくっつき、寝起きしていたようでして」

その日もすぐに三人で人肌の暖を取ったとのこと。ぬけ出ればかならずわかったということだった。

「朱章は万寿を連れ出して殺害しようにも、すぐに王有がもどってきてしまいますね。不在であれば王有がとっくにそう吐いているでしょう。もとめていた父親像を破壊した朱章を恨んでいたようですし」

「じゃあ、その王有が殺したっていうのはどうですか？　殺してから、房にもどってきた」

「王有は蟬女との逢瀬に出ているんだぞ。しかも蟬女が死んで、その死体をいそいで隠してもどってきたんだ。時間の余裕がない。三刻経ってしまう。それに逢瀬相手が急死したあと、帰りしなに万寿を殺すのは意味が分からない」

「蟬女を隠すところを見られたとか……だめか。どっちにしても時間がないですね。あ、そうだ、三刻っていうのがだれかのまちがいっていうのはどうですか？」

「ざんねんだが、白卓が王有を目撃してから万寿と貂天らが早ぬけをするまでが三刻ほどというのは、賭博参加者全員の証言だ。王有もすっかり従順に聴取に応じているし、三刻をごまかす意味はないだろう。朱章もそうだ。これが嘘なら、そもそもの蟬女の作過死で偽証をしていたことになってしまう。わけがわからなくなってしまうぞ」

うーん……とだれとも知れないうなり声が響く。

「賭博参加者だとのこるは孟瀆ですが、ひとりになった時間がありませんね。就寝後はぬけ出すことができそうですが」

それが……と公孫が否定の顔をする。

孟瀆と同房の賭博不参加者（一）は、くっついて眠ったりはしていないようだが、そのぶん寒さから眠りは浅かったとのことだ。どちらもともに同房者がぬけ出せばわかったと思うと証言しているという。

しばらく考え、延明はひとつの名を指さした。

「この賭博不参加者（一）は、犯行が可能だったのではありませんか？　万寿がひとりきりになった時間から、孟瀆らが帰ってくるまでが単独で、だれも行動を見ていない」

「失礼しました、掖廷令。その者、利き手が不自由となっております。手の傷から風を得たとのことで、とても人ひとりを殴殺できるような状態にはなく。足は健在ですが……」

いや、もういいと延明は首を振る。片手で凶器を持って追い回し、殺すことは不可能ではないだろう。しかし、それだと死体の片側に打撲がもっと偏っていたと思われる。死体の処理にも不便しただろう。

「……しかしこれは、どういうことなのでしょう」

延明は几上でひじを立て、組んだ手の上に口もとをあてた。

――これでは、九名のなかに犯行可能な者がいないではないか……。

＊＊＊

「もう、あんたのお腹の音ったら」

夜の帳がおり、手燭を手に歩きながら、才里が笑った。

才里が言うのはさきほど、就寝時刻になってもなかなか寝付けずにぐずる蒼皇子をなんとかなだめていたときの話だ。

蒼皇子は才里と桃花が不寝番の女官と交代するのをいやがり、いつまでも泣いていたのだが、そこへ盛大に響いたのが桃花の腹の虫が鳴く切ない声だったのである。

「あくびはなんとかこらえられますけれども、お腹の音は防ぎようがありませんもの。しかたがありませんわ」

「だからってあんなに大きな音！　まぁでも、おかげでやっと夕餉にありつけるんだけど」

蒼皇子がおどろいて目を丸くするので、桃花が正直に、いまだ夕餉を口にしていないことを伝えたところ、ようやくの職務解放となった。ほんとうは、夕餉は蒼皇子が湯あみをしているあいだにとる手はずだったのだが、なにしろ侍女としての引継ぎがあわただしくて、それどころではなかったのだった。

「羹、冷めているでしょうか」

厨が片づいてしまったため、夕餉は房に運んであるという。寒いので、できれば熱々のうちに食べたかった。

「そこはしょうがないわ。衣も暖かくなったし、襪は二重だし、きっと房もすきま風なんてなくて暖かいはずよ。これ以上の贅沢は言わない。あたしは満足だわ」

ここね、と言って才里の足が止まる。

侍女房がならぶ建物の前だ。久しぶりの個房である。

「なんだか嵐のような一日だったわ。あたらしい朝がきても、きっとそうね」

「後悔をしていますか？」

「ばかね。満足だって言ったじゃない。飢えとか凍死とか、そういう危機から遠ざかったのはもちろんだけど、一番大事なのは仕事のやりがいよ。あたし、殿下のことずっと心配してたの」

そうだろうと思う。帰蝶公主のときも才里は安否を案じ、亡くなったと知ったときには、なにもできなかったことを心から悔いていた。

「婕妤さまの件はあたしたちにはどうしようもできなかったけど、のこされた殿下のことをお支えするくらいはできるはずだわ。そうでしょ？」

「はい」

「あんたはちょっと、ぐうたらできなくてしんどそうだったけど」

「……はい」

皇子の侍女とあっては、身じたくもしっかりせねばならないし、居眠りなんてもってのほかである。延明は才里がきてくれれば戦力になってよいと言っていたが、桃花はむしろまったくの戦力外だ。そもそも気もきかないし、てきぱきとは動けない。正直、なにかの手違いではないかとすら、ちょっと思っている。

「それじゃあね、おやすみ」

「はい。ではまたあした」

団子で寝られないことをさみしく思いながら、桃花は才里とわかれて房に入った。

房は間口と等しい奥行きで、決して広くはないが、しっかりとした厚みのある帳に囲まれた臥牀、衣服を入れる大きな行李、几がしつらえられており贅沢だ。そして意に添わないことだが、小さな棚には蓋つきの箱が置かれてあった。確認はしないが、おそらく宮粉などが入っているのだろう。あしたからは化粧もしなくてはならないということで、この点はめんどうくさいことこの上ない。

さあ寝よう、と帳をかき分けようとして、腹の虫が鳴いた。

――そういえば、夕餉の膳は……？

房にあるということだったが、どう手燭の向きを変えて照らしてみてもみつからない。

才里が騒がないということは、才里はきちんと食事にありつけているということである。それならいいかと判断して燭を吹き消し、臥牀に潜りこんだ。しっかりと敷物と掛物があり、安眠できそうだ。

落ちるように気持ち良く眠りについて、しばらく。

不意に名を呼ばれたような気がして、桃花は薄眼を開けた。帳の外が薄明るい。

手燭の火を消し忘れただろうかとしぶしぶ這い出して、桃花は目をしばたたいた。

履だ。床を這う桃花の目の前に、つま先上がりの方頭履がある。

「桃花さん」

かけられた声に、脱力した。

「延明さまでしたか……」

延明が手燭を手に、桃花の目の前でしゃがんでいる。

火の消し忘れではなかったのだ。火事を起こしては大事と思って這い出してきたのに、無駄だった。

「こら、そのまま寝ようとしないでください。だいたい、膳がなかったでしょう？　なぜさがさないのです」

「物事には優先順位というものがございますわ」

食事と睡眠、秤にかければ睡眠のほうが重い。

延明はあきれたように息を吐いて、起きるようにうながす。

いやだ。ぜったいに寝る。そう思ったが人銜のことを思い出した。しかたなく、のそのそと起きあがり、どこかに案内しようとする延明のあとにつづいた。なんと房のすみに、さきほどはなかったはずの潜り戸が開いているのだ。

冬眠に向かうモグラの気分でくぐりぬけると、となりの房へとつながっていた。才里の房とは反対側だ。

「てっきり、これからは堂々とおいでになるのかと思っていましたけれども」

「念のためです。梅婕妤はいなくなりましたが、まだ情勢は落ち着いていませんので。皇后側についた優秀な検屍官とあっては、有事に狙われる恐れもあるでしょう。有事でなくとも、取りのぞいておきたいと考える輩が出ないとも限りません」

よかった、と桃花はすこし安心した。桃花も女官が検屍をしていることはできるかぎり伏せておきたいと思っていた。

それにしても、隠し戸のついた房とは……。

感心して見回せば、房の正式な入り口には、内側から閂がかけられるようになっていた。臥牀はなく、代わりに大きめの几、それをはさんでやわらかい藺の席がしつらえられている。几にはほんのりと湯気の立つ食事が載っていた。

「……才里の羹は」

「おっしゃるだろうと思ったので、あちらも温めておきました」

被せるように言いつつ、着席をうながされる。

「さすが延明さまですわ」

「ああ、あなたはそういったところでしか、私を評価してくださらない」

「そんなことはありませんけれども」

席に着くと、湯気とともに羹の香気が鼻孔をくすぐる。蕪と肉の羹だ。ごはんも羹もふたつ用意され、真ん中に大皿で鶉の旨煮が置かれている。どう見ても蒼皇子のおさがり品とは思えなかったので、延明が用意してくれたものなのだろう。

すすんで取り分けるべきか、それとも用意してもらっておいて即食べる気満々で行動するのは失礼だろうか——迷っているあいだに延明が手早く小皿に分けてくれた。

「あの……いつも恐縮ですわ」

「いえ。もしや桃花さんは女性がやるべきと？」

「一応は」

「では、やはりご存じない」

言いながら、茶釜から茶も汲んでくれる。

「往々にして外と中では常識が異なります。外では女性が煮炊きをし、配膳をするでしょう。しかし後宮内で、たとえばですが対食となると、食事を用意し配膳をするのは女官ではなく宦官の役割なのです」

そこまで説明してから、「いや、われわれが対食だと言っているわけではありませんが。たとえばの話です」とあわてたように断りを入れる。前回は対食の語源などを尋ねたのに、変な人だ。

「つまりですね、宦官のほうが地位が下なのですよ。男は家長ですが、宦官は家長にはなれないという象徴でもあります」

「では、今度から料理のとりわけは交代でいたしましょう。わたくしと延明さまは対等であると、そうおっしゃったではありませんか」

さすがに料理を用意するような手配は桃花にはできないが、とりわけくらいならできるはずだ。才里には盛りつけが雑、下手だと言われたことがあるが、味はおなじだろう。

「では、いただきます」

礼を言って食事に手をつける。羹はちょうどよい温かさで、よく透き通っていながら、ふくよかな味の奥深さを感じさせる。わずかに浮いたあぶらが舌に濃厚なうまみを感じさせた。

鶉はよく煮こまれており、これまで形をたもっていたのがふしぎなほどにやわらかい。嚙むほどに、しみた醬と鶉のあじが口のなかにひろがって、これがまた白米と合うのである。ただただ幸せな時間の満喫だった。

「おいしそうに召し上がっていただけて、よかった」

「……ところで、本日はどのようなご用向きでしたでしょうか？」

箸を置いて尋ねると、延明はわずかに不服そうな表情を見せる。

「用がなければ来てはいけませんか？　人銜をともにいただくと約束したではありませんか」

「その人銜が見えないようですけれども」

「……忘れてきました。あ、いま『なんだ』という顔をしましたね？」

「したかもしれませんわ……」

約束のために起きてきたのに、と思わなくはない。

「けれどもこうして過ごす時間は、きらいではありません」

非常に眠いけれども。

笑んで言うと、延明が目を瞠る。

「……意外でしたでしょうか？」

問うと、いいえ、と否定しながら視線をさまよわせる。きらいならば月見に誘ったりもしないのに、と思いながら桃花は茶を飲み干した。

「そうでした。御礼が遅くなってしまいましたけれども、このたびは異動の手配をいただきありがとうございました。才里もよい配属先であるとよろこんでおりますわ」

てっきり皇后に仕えるのかと思っていたけれど、と正直に述べると、延明は「なにをおっしゃる」とあきれ顔をする。

「国母の侍女ともなれば、その仕事たるや膨大です。老猫女官には完全に向いていないでしょう」

「なるほど、おっしゃるとおりですわ」

「蒼殿下のほうは、落ちつけばぐうたらするくらいのひまができますよ。勉学でほとんど孺子堂を空けることになるでしょうから。──殿下のご様子はどうでしたか？」

問われて、桃花はこの日見たままを答えた。暗殺に怯えていること、どうも中常侍が蒼皇子の心を掌握しようとおかしなことを吹きこんでいるようだということ。

延明は軽く眉をよせる。

「点青からきいてはいましたが、やはりそうでしたか。しかし中常侍は要注意人物ですが、桃花さんたちが構える必要はないでしょう。あれは中宮には基本的に足を踏み入れることをしません。なにせ娘娘とは犬猿の仲ですから」

「それと、太子さまのこともずいぶん意識なさっているご様子でした。勉学に出られたさきにて、太子さまが行啓に出てらしたことを耳にされたようで、ご自身もおなじようにおこないたいとおっしゃって」

おっしゃって、という表現を言い直せば、ごねたのである。これは今日にはじまったことではなく、孺子堂にきてからずっとであると、ほかの女官からはきいている。

「なんでも、幾日か前には禁中に田畑を持ちたいとご要望なされたそうです。それも、太子さまがおこなわれていると知ったからとのことでしたわ」

帝には、『籍田の礼』という儀礼がある。みずから田畑を耕し、祭祀用の作物をつくるのである。太子はいずれこれらを継がねばならないため、専用の田畑を有して農耕を学ぶのだ。——それを聞きおよんだらしい。

「禁中にですか。まあ、内廷ならば場所もありそうではありますが」

「はい。鉤盾署に場所が用意できそうだとのことで、実際に奴僕が土を耕して堆肥を運搬するところまではおこなわれたそうですわ。けっきょく、主上が取りやめさせたという話ですけれども」

「堆肥ですか」

おだやかだった延明の表情が、急にきびしくなる。

「延明さま？」

「いえじつは、後宮の下水処理の水場から、検屍不能な死体が発見されているのですが、どうも腐乱してから水中に遺棄されたようなのです。なぜわざわざ移動をさせたのだろうと思っていたのですが……その腐乱するまでの遺棄場所が、堆肥のなかであったようなのです」

「では、堆肥を使用するという話をきいて、犯人があわてて水中に遺棄した、と？」

「ええ、その可能性が高いかと。正確には、まだ発酵熱がのこった未完成堆肥なのですが、犯罪者というのはそういったことに過敏になるのかもしれません。――して、その話が持ちあがった正確な日にちをご存じですか？」

「申しわけないのですけれども、そこまでは……」

「では、こちらで調べます。よい話をききました」

言ってから、延明は桃花の膳に視線を走らせる。食べ終わったかを確認したのだな、と察した。

「ちなみに桃花さん。このような話を食後すぐにしてしまって恐縮ですが、八兆いわく、その腐乱死体、完全に白骨化すれば骨の鑑定はできるかもしれない……つまりいまはできないとのことだったのですが、これについてはご意見ありませんか？」

それから延明は、発見された死体の腐乱状況を説明する。

どうでしょう、と問われて、桃花は首を小さくかたむけた。

「話にきいたかぎりですと、八兆さまのおっしゃる通りかと存じますけれども」

延明は落胆の息をはく。

「では骨になるまで待たねばならないということですね……」

「いちおう、あまり推奨されない方法でしたらありますけれども」

「！」

がば、と延明が身を乗り出す。近いなと思いながら桃花は答えた。

「洗骨の法、あるいは煮沸法と呼ばれる方法ですわ」

＊＊＊

翌朝未明、まだ夜の闇がうっすらとあたりに漂うなか、掖廷獄の院子には、宴会用の大なべが用意されていた。

薪がつぎつぎにくべられて、なかではぐらぐらと酢が沸いている。寒風で湯気が飛雲のように流されていくわきでは、臭気除けのための蒼朮やサイカチも焚かれていた。

避穢丹を一度に数個焚くための火炉は全四つ。まわりを大きく囲むように配置され、つどった掖廷官らの鼻にはもれなくごま油が塗られ、口にふくむようにと生姜片が配られた。また、顔半分を巾で覆うように指示が出される。

「延明さま、用意が整いました」

華允が鋤を手に、白い息を吐きながら言う。

華允がおこなっていたのは、院子の敷石がない土部分にみぞを掘る作業だ。深いみぞは大人が十分寝そべることができる大きさの四角形を描き、そこから下り傾斜を帯びつつ一本道が延びて、深く大きな穴へとつながっている。穴のわきには内廷中から集められた灰が麻袋に入れられて積まれていた。

華允の作業終了をうけて、延明はみぞの近くにずらりとならんだ水桶、そして几にならべられた道具を最終確認する。用意されているのはいつもの検屍とは異なる道具だ。大盥、麻縄、大量の塩と、白梅という薬、墨、なたね油、そして綿、サイカチ。

これらを延明のとなりに立った桃花――いや桃李も視線で確認し、うなずいた。

「棺を頼みます」

延明が合図を出すと、奴僕らが掖廷獄の裏から棺をはこんでやってくる。近づくほどに異臭が漂い、風が気まぐれに流れを変えると、一瞬で胃がひっくり返るような強烈な腐乱臭につつまれる。幾人かがたまらず逃げ出し、あるいは嘔吐した。華允などは蒼白な顔で震えながらこらえている。延明自身も桃花のとなりを動かずにいるだけで精いっぱいだった。

やがて棺は、華允が掘った四角を描くみぞの中央に下ろされた。

「どうぞ開けてくださいませ」

桃花が棺の前に立って言い、今回のために急遽作成された手套をつける。通常、手套とは指先が露出するものだが、これは全指を覆う袋状に縫われた特別製である。八兆もやってきて、おなじものを身につけてならぶ。

奴僕が及び腰になりながらも棺の蓋をあけると、桃花は背筋を凛とのばしてそのなかを確認し、延明に「水を」と指示を出す。あまりの臭気にめまいを起こしながらも、延明は水桶を運び、棺のなかにざっと流し込んだ。

「まだまだです」

桃花がもういいと言うまで、くり返しくり返し水を注ぐ。華允や掖廷官は使用した分だけまた水を汲んで運んできた。

棺のなかで遺体がどうなっているかは、さすがに目視することができなかった。――見ようとすると、全身の理性がそれを拒否するのだ。口のなかが酸っぱくなり、目が痛くなる。

「掖廷令、ご無理召されませぬよう」

「無理などしていません」

八兆に強がって言い返すのが精いっぱいだ。

桃花は、注水が終わると手套をはめた手を棺に差しいれた。水をかき混ぜ、腐乱した皮肉を骨から取りのぞくのだ。八兆も桃花に教えを乞いながら、作業に従事する。棺の継ぎ目から水が漏れ、その濁って脂ぎった水は華允が掘ったみぞをたどり、深い穴へと流れていった。

しばらくすると、桃花と八兆は作業を終え、皆でいったん手の洗浄に入る。サイカチを用いて入念に洗った。その間も、棺からは水が漏出しつづけている。

「それでは、ご遺体を取りだします。どうぞ慎重にお願いいたします」

桃花が言い、奴僕らにあらたな手套を配る。延明も受けとって加わろうとしたが、「死にかけたひとがおこなう仕事ではありません」と断固拒否された。風を得ることがある作業であるという。

延明や華允、それに掖廷官らが見守るなか、数人がかりで遺体が取り上げられる。瞬間、あまりの緊張からか激しい動悸を覚えたが、じっさい視界に入った遺体はほぼ白骨と化しており、徐々に鼓動が冷静さを取りもどしていくのがわかった。

肉体が腐りかけでは恐ろしくて、骨になってしまえば恐ろしさが減ずるというふしぎを体感しながら、工程を見守った。

「麻縄を用いて、骨がバラバラにならないよう結びます」

人体の構造を理解している桃花と八兆のふたりで、手早く縄を結んでいく。

それが済むと、桃花はいよいよ大なべの前に立った。几に置かれていた塩十斤（約二・五キロ）、白梅を三斤（約七五〇グラム）投入する。どっと鍋が噴いたところで、ついに縄で結ばれた白骨がしずかに投入された。

「では華允、いまのうちに穴と棺を処理します。ほかに手が空いている者もこちらへ」

延明は華允とともに、水浸しとなった穴に灰を投入する。みぞにもそれぞれ灰をかけ、人員を投じて土を盛って埋めた。

盛り土の上には欅と松の薪をつみあげ、火を投じる。

火力が増すころには、周囲に漂っていた息も詰まるような臭気はようやくおさまってきていた。

「そちらはどうですか、桃李」

「そろそろよろしいかと」

火が消されてしばし。

注水がおこなわれ、温度が下げられた大なべから白骨が慎重に取りだされた。

もくもくと湯気が上がるさまを見ると、もはや人体とは思えない、なにか奇妙な感覚をおぼえる。

桃花は筵の上に湯気立つ白骨をおろし、仰臥するような体勢へとならべて整えた。

「では、これより骨の検屍をおこないます。延明さまは記録をお願いいたします」

「ええ。準備できています」

延明は筆をにぎりしめる。骨の検屍ははじめてだ。八兆も興味津々で、延明とは反対側に陣取って桃花の手もとをのぞきこんでいる。

桃花はまず、全体をながめて述べた。

「年齢氏名ともに不明、身長不明、骨盤形状などにより女性と判断いたします」

それから顎部を開き、歯を至近距離から確認する。

「歯はすべて生え変わり、磨耗していることから大人と推定いたします」

歯の確認を終えた桃花は、つぎに頭蓋骨を手にし、ほんのわずかに持ち上げながら仔細に検分をはじめた。

「頭蓋骨――曲鬢、頭頂の二か所に殴打の痕跡あり」

さっそく見つかった異常に、延明と八兆は軽く身を乗り出した。

「……たしかに、骨が損傷してございますな」

頭頂部が、紡錘形に軽く陥没をていしている。

「桃李、これが作業中に生じたものではないという証拠はあるのでしょうか？　信用しないわけではありませんが、多くの人員が携わった作業ですので、万が一ということも考えられます」

念のため確認すると、桃花はいやな顔ひとつせず「ご心配にはおよびません」と首をふる。

「白き骨にも血が通っておりますので、生きているうちに損傷をしますと、肉体同様に出血をていします。ごらんくださいませ、この骨折部周辺にはあきらかな出血の痕跡と血量（ちぐもり）が見られます」

桃花が言うように、陥没部の亀裂は赤く、周囲も赤とも黒ともつかない変色が見られた。曲鬢に走った亀裂は髪の毛ほどの細さであったが、こちらも周囲にほんのりとした赤色をていしている。

延明は筆を走らせ、それらを詳細に木簡（もっかん）に記録した。

桃花はそれから顎部や頸部（けいぶ）を確認し、「頸部圧迫の痕跡無し」と読みあげる。

つぎに目を留めたのは、白骨の右腕だ。

「右上腕骨に損傷あり。棒状の他物（たぶつ）による殴打痕と推測されます」

棒状の他物ときいて、はっとした。小宦官（かんがん）・万寿（まんじゅ）の遺体にのこされていたのも、棒状の殴打痕ではなかったか。

「ごらんくださいませ。肩に近い上腕のこの部分、肉が骨に固く付着しております。強力な殴撃を受けますと、肉は骨に固く付着いたします。これは水で洗っても煮ても容易にはとれません。また、夏場ですとこういった箇所は蛆（うじ）が食べるのを避けるなどいたします」

桃花がしめした箇所には、たしかに肉片がべたりとこびりついて変色していた。形状は、骨に対して斜めに横切る太い線状——棒状を呈しているといってよいかもしれない。

それから桃花は全身の骨をひとつひとつ顔を近づけながら仔細に観察し、ほかに異常がないことを確認した。

顔を上げ、記録する延明をまっすぐに見つめる。

「致命傷は他物による頭部外傷。よってこのご遺体は他殺。殴殺されたものとみてよろしいかと存じます」

＊＊＊

塩三六〇銭、白梅八七〇銭、酢一四〇〇銭……。

掖廷署にもどり、検屍後の事務確認をおこないながら、延明は細く息をはいた。

検屍もただではない。桃花への謝礼は延明の私財から出しているが、検屍でつかわれた物品は掖廷からの会計である。

塩などはまだよいが、蒼朮や避穢丹などは薬を使用するのでそこそこ値が張る。すでに今回一度の検屍だけで、肥えた馬一頭がゆうに贖えてしまう額となっていた。

――着替えも支給してやりたいが……。

薫炉から漂う煙に目をやった。

死体状況がひどいと、どうしても衣服が汚れ、異臭が染みる。検屍後は避穢丹の煙で身体をいぶしたり、燃やしていた薪のうえに酢を撒いてその蒸気を浴びたりするなど、臭気を除去する方法はある。が、汚ればかりは洗わねばどうしようもない。

しかしこの季節、洗ってしまえばあとはもう濡れっぱなしである。下級宦官に着替えを用立てる金銭のよゆうなどなく、火熨斗をかけて乾かすこともできはしない。

――袷の袍だと安いものでも千銭。単で四〇〇銭ほどか。

掖廷官は百名を超す大所帯であるので、これはきびしい。今回は延明が作業にあたった者たちへの着替えを手配したが、毎回私財を投入するわけにはいかない。

「頭が痛いな」

ひとりごつと、それを聴き咎めた華允がすっとんできた。

「延明さま、頭が痛いなら休んでいてください」

まなじりをつり上げた華允につづいて、公孫がやってくる。

「掖廷令、お加減がよろしくないのでしたら……」

「ちがいます。出費に頭を悩ませていただけです。誤解しないように」

強めに言うと、ふたりはきょとんとしてから、いまさらのように礼をとる。

「公孫、ただいまもどりました」

「華允ももどりました」

「知っています。まずは公孫から報告を」

公孫にまかせたのは、小宦官・万寿の同僚らの再聴取である。

けさの検屍により、腐乱死体が成人の女性であることが確定した。もはや金英であることを疑う余地はないだろう。負傷の痕跡も小宦官・万寿と酷似しており、凶器も共通と見られ、堆肥中に遺棄されていた点も共通する。よって二件の殺人は、同一人物による犯行とみてまちがいない。

そして万寿の同僚九人は、言うまでもなく万寿と接点があり、しかも金英が働いていた十区に出入りしている。やはりこのなかに犯人がいると見るべきである。よって再聴取としたわけだが……。

公孫の表情が浮かない。はかばかしい成果を得られなかったのだと、ひと目でわかった。

「みな、聴取には非常に協力的でありました。なにしろその間、労働につかなくていいものですから。そのぶん聴取時間をのばそうと、のらりくらりとする者も多く」

「結果から聞きましょう」

「はっ。こちら、あらたな情報や、さきの情報と矛盾するような話はございませんでした。金英という婢女に関してもだれも知らぬとのことです」

「衣服調査はどうでしたか？」

婢女・金英は盗んだ防寒着を身につけていたはずである。死後それが発見されないことから、犯人が所持している可能性が考えられていたのだが、公孫は首を横にふった。

「だれも着用しておらず、房内からも発見されませんでした。屋根裏、牀の下も確認済みにて」

手がかりなしということか。

「おれのほうもです。進展ありません」

華允も曇り顔で言った。華允には、若盧獄に収監中である王有の聴取に行かせていた。華允を泥巌に会わせないためであるが、この王有ももちろん重要なる容疑人のひとりである。

逢瀬の相手が突然死し、その後すぐに万寿を殺すなど考えがたい。九人それぞれの証言と照らしあわせても犯行は不可能と思われるが、だからといって容疑からは外れない。それに、犯人でなくとも何か重要な手がかりを見聞きしている可能性もある。

——結果として収穫はなかったが、無駄ではない。

延明(えんめい)は、これまでの九人の調書を几(つくえ)にひろげてながめた。

この九人、疑いが非常に濃厚でありながら、小宦官(かんがん)の万寿(まんじゅ)が殺された夜、だれも単独で行動をしておらず、殺害が不可能とされている。そんなはずはない、と延明は考えているのだが、なかなかどうして、一筋縄ではいかないものだ。

「なにか突破口がほしいところです」

「この九人の供述ですけど、やっぱりだれかが犯人をかばって嘘をついてるってことじゃないですか？　共犯とか。そうとしか考えられません」

「その可能性は大いにあるでしょう。しかし突き崩すにしても、なにがしかの手札が必要です」

解決しそうで解決しない。しかしあと一歩のはずなのだ。

「公孫(こうそん)はひきつづき浄軍内で対象をひろげての聴取をお願いします。また、八兆(はっちょう)によると凶器は握れる太さの棒状のものとのことですから、彼らが使用する鋤(すき)や柄杓(ひしゃく)を徹底的に調べてください。華允(かいん)は、十区で金英(きんえい)の身辺について、もう一度洗い出しを。十区のほうから浄軍九人との関係性が見えてこないか、調査を頼みます。手の空いている者は何人連れて行ってもかまいません」

「はっ！」

力強い返答で、ふたりは再度掖廷(えきてい)をあとにした。

この後、終業ぎりぎりの時間になって、公孫が凶器と思われる血痕（けっこん）のついた鋤を発見してきた。

大きな前進となるかと思えたが、鋤はまとめて大量に保管してあり、だれでも持ち出しが可能な物であった。

犯人の特定には至らず、それ以降はなにひとつ進展もみないまま、数日が経過することとなったのであった。

＊＊＊

「一番は、寝る時間が短いのがよくないんだと思うのよ」

「……それはわたくしの話でしょうか、それとも殿下の話でしょうか？」

「もうっ桃花（とうか）ったら、殿下の話に決まってるでしょ！」

そうかなとは思ったが、念のため尋ねてみた。ちょうど自室の几に突っ伏して寝ていたところを叩（たた）き起こされたからだ。

桃花は目をこすり、それからうんと伸びをする。この日は昼間だというのに薄暗く、空はすっかり鉛色の冬空をていしていた。

「あんたね、顔に木簡がくっついてるわよ」

指摘されて触ると、細い木簡が二本ぱらりと膝に落ちる。居眠りの際、頬の下敷きになっていたらしい。文字を書きながら寝落ちしてしまったらしいが、筆は落とすことなくきちんと硯に置かれてあったので奇跡だ。

「あんたねえ、それ書き直しじゃないの？　顔に文字がうつってるってことは、木簡の字は薄れてるのよ」

言って才里は落ちた木簡をひろって確認し、「ほら」という。たしかに薄くなっている。桃花は筆を執って、文字を上からなぞり書きした。これで問題ない。

「あんたね、太子さまにお渡しする文を二度書きだなんて、いい度胸だわ」

「二度書きの腕でしたら、わたくしどの書聖にも負けない自信があるのです」

「能書家が二度書きなんてするわけないでしょ。なにで勝とうとしてるのよ」

「……というか、そもそもこの文、わたくしが書いたのでは意味がないですし、字ですぐに代筆だと知られてしまうので、二度書きどうこう以前の問題ではないかと思うのですけれども」

「そんなのはみんなわかってるわよ。それでも殿下があんたに書けって言ってるんだから、しばらくはきいてあげましょ」

しばらくは、という期間限定であるところが才里らしい。

桃花は墨が乾いたことを確認して、木簡を紐で綴る。これは才里が言ったとおり、太子に送られる文だ。蒼皇子が書いたものとして、である。

桃花と才里が蒼皇子の侍女に着任してから早五日。東宮にいる太子から文が届いたのは、その間二度である。いずれも季節のうつろいについて詩を吟じ、市井の民に想いを致し、締めには蒼皇子の身を案じるものとなっている。しかし一向に返信する気配がないので前任の侍女に尋ねたところ、一度も文を返したことがないという。才里がしずかに怒ったことは言うまでもない。

かくして返信をしたためさせるべく蒼皇子への説得がおこなわれ、皇子の激しい抵抗のすえに、こうして桃花がしたためることで決着を見たのである。

「……帛ではなく、木簡であるところが重要だと思うのですけれども」

桃花は几に置かれていた太子の文をながめた。

太子が、帛ではなく木簡に文をしたためて送ってきている。これはつまり返信も木簡でおこなえということだ。

蒼皇子がじつは悪筆で書を苦手としてることは、桃花と才里は知っている。帛を使えば幾枚も書き損じてしまうだろう。しかし木簡ならば、書き損じたところは書刀でけずればよいだけなので気が楽だ。

じっさいに蒼皇子が木簡を削って書き直すか、あらたな木簡を使用するかはさておいて、つまりこれは蒼皇子のことをよく知ったうえで、「気兼ねなく返信するように」との意味が込められた、太子からの心づかいなのである。

「そんな顔しないの。いま伝えたって、きっと殿下の胸には届かないわ。皇后さまも太子さまも敵だと思ってるんだもの」

「それと寝る時間が短いことに関係が？」

「そう、その話よ。睡眠が不足すると、冷静な判断ができなくなるじゃない？　よく詐欺師が使う手法よ、まず洗脳したい相手の睡眠時間を削るの」

「けれども、蒼殿下の場合は中常侍が睡眠時間を削っているわけではありませんわ」

わかってる、と才里は苦い顔をする。

「殿下は怖い夢を見て、なんども起きてしまうのよ」

だから昼間眠くなる。勉学にも身が入らず、師傅に注意されてばかりいるらしい。おかげで師傅とは折り合いが悪くなり、学問に身が入らない。なお悪いことに、叱られているところへ中常侍がやって来ては、蒼皇子をかばってくれるとのこと。ますます中常侍への信頼が厚くなっているという。

「怖い夢とは、どのような夢なのでしょう？」

「さあ？　でもどんなでもいいわ。とにかく寝て――」

「よくはないな」

朗と響いた声にふり返れば、点青が房の入り口に背をあずけて立っている。

「臓気の不足は夢にもあらわれるという。どんなでもよいということはないな」

「点青さま」

「で、蒼皇子はどこだ？　太医を連れてきた」

点青が言うと、陰からわずかに扁若が顔をのぞかせる。あ、と思ったが、才里の手前であるので知らぬふりをしてくれるようだ。目だけで礼を言う。

「殿下はいま、おやすみになってます。あの、勉学を途中で抜けてきたご様子で……」

昼日中である。本来ならば勉学の時間だが、行ったと思ったら早々に帰ってきたのだ。そのあとはなにも言わず臥室にこもって、ずっと帳が降ろされている。どうやら寝ているようだった。

しかしそれをきいた点青は、思い切り顔をしかめた。

「抜けてきた？　ちがうな。帰れと叱られたんだ。堂々と居眠りしていたらしいからな」

言いながら、桃花の頬をじとっと見る。なんだろう？　と思ったが、あわてて才里が手巾でぬぐってくれて思い出した。居眠りで木簡の文字が頬にうつってしまったのだった。

「……とにかく、蒼皇子のだめっぷりを師傅がついに主上に訴えた。中宮の薬長をつかわして薬を内服させよとのことだったが、中宮の医官では蒼皇子もいやがるだろうと娘娘がお気を遣われてな。太医の要請となったわけだ」

「しかし、殿下はお休み中です」

「案内しろ。叩き起こさなくちゃならん」

そんな、と才里が非難の声を上げたが、帝と皇后の遣わしである。追い払うわけにもいかず、不承不承立ちあがった。

「……ご案内いたします。桃花は文を仕上げておいて」

うなずき、立ちあがって才里たちを見送る。

それから桃花はまた眠ってしまうまえに、と急いで文の仕上げにかかったのだった。


「――汚い房よな」

耳障りなしゃがれ声に、ぼんやりと夢から覚めた。

どうやら、ちゃっかりと寝てしまったようである。どんなにがんばっても自分という人間は眠気には勝てないらしい。また木簡が張り付いていたら困ると思って、はっと顔をあげた。無事だ。そういえば、文は仕上げて係りの者にすでに託したのだった。

「おや、塵だめに蓮が咲いておるわ」

視界いっぱいに映りこんだ見知らぬ顔に、ようやく目覚めた桃花はたじろいだ。

「……どなた、でしょう」

知らない顔だ。年齢はわからない。顔にもたっぷりと脂肪がつき、たるんで垂れ下がっている。老人に見えたが、もっと若いようにも思えた。眉毛も髭もない顔には三日月のような目がひらき、じっと至近距離から桃花を見つめている。

「ちがう。名乗るのはおまえのほうであろ」

そう言ったかと思うと、爪の伸びた指がつつつと桃花の頬を撫ぜ、輪郭をなぞった。ぞわっと全身が総毛立つ。三日月の目に欲望が宿ったように見えて、悲鳴が出そうになるのをなんとかこらえた。

いや、こらえたのではない。声が出ないのだ。

頭のなかが真っ白になる、そのとき――

「中常侍！」

きびしい一喝と同時に、視界が青緑色に染まった。それが宦官の袍の色だと気がつくのに、一拍を要した。

衣をたどって見上げれば、点青、そして扁若の背中が見える。ふたりが、桃花をかばって立っているのだ。

「お戯れはおやめください。これは娘娘の中宮女官、そして蒼殿下の侍女にございます」

点青の緊迫した声だ。なにが起き、どうなったのか、桃花の視界にはふたりのうしろ姿しか映らない。ただ、しゃがれた声がくつくつと笑うのがきこえた。

「なにを血相を変えておる。蓮を愛でただけのこと。ではの」

笑い声が、遠ざかる。

――あれが、中常侍……。

「だいじょうぶ？」

扁若が訊ねたけれど、しばらく桃花はそこから動けなかった。

＊＊＊

内廷に仕えてより、これほど中宮が遠いと思った日があるだろうか。

中常侍が、桃花と接触を図ったというのだ。いや、接触を図ったというのは正しくない。接触してしまった、というのが正しいのだろう。

中常侍に、桃花の顔を認識されてしまった。これほど不愉快極まりないことがあるだろうか。しかも点青の話によれば、触れていたという。

――なんてことか……！

中常侍は中宮に近づかない。そう過信していた。まさかこんなことになるとは……

すべて延明の責任である。

片づけねばならない最小限の仕事を最速で済ませ、指示を出して中堂を出る。いつにない延明の殺気立った様子に華允らはずいぶんおろおろとしていたが、どうにもならない。あとを頼むとだけ伝えて、急ぎ足に掖廷を発った。

中宮門をくぐり、点青の配下らの手配を受けながら、ひそかに桃花が待っている一室に滑りこむ。ぼんやりとした花の顔がふり返った。

「……延明さま」

こんなときでも眠そうな顔を目にして、どっと身体の力が抜けた。

あきらかに、いまのいままで寝ていた顔だった。口のはしには涎まで光っているではないか。延明はへたるようにして、桃花が座る席の前についた。

「ご無事でしたか……」

「点青さまと扁若さまが守ってくださいましたので」

「よかった」

扁若とはあまり相性が良くないと感じるが、いまは感謝しておく。帝に近しい立ち場でありながら、中常侍に逆らうのは勇気がいったことだろう。そこまでして桃花をかばった理由が気になるが、いま重要なのは桃花の無事である。

「あの、延明さま、わたくし仕事にもどりますけれども」

昼日中、ここで待たされたことに困惑しているようだ。

「ばかをおっしゃい。どうせあなたなどいたところで、なんの役にも立ちません。しばらくここで養生なさい」

「それはまちがっておりませんけれど、延明さまが抜けては掖廷が困りますわ」

いつもと変わらない様子の桃花に、脱力する。

「そのようなことを言っているときですか。恐ろしい思いをしたのでしょう」

「それは……はい。そうなのですけれども」

桃花はすこし迷ってから認めた。それはそうだろう。みしらぬ宦官に顔を撫ぜられたのだときいている。点青らが気がつかなかったら、そのさきどうなっていたやらわからない。

「あなたを中宮にうつした私の責任です」

伏すようにして、頭を下げる。桃花はやめてくださいと謝罪を拒否した。

「まだ責任をとっていただくようなことは起きておりません」

「もちろんです。起きては困ります」

真面目に言ったのだが、桃花は目を丸くしてからくすりと笑った。いつぶりかに見る、昼間の笑顔だ。

「……いま、笑むのですか。このようなときに」

「いけませんでしょうか？」

「いけなくはありませんが、緊張感が足りませんね。こちらがどれほど心配をしたか」

「ありがとう存じます」

微笑んでから、わずかに眉が憂えるように八の字にさがる。

「……わたくし、はじめてお会いいたしました。あの方が、中常侍なのですね」

「ええ。大家の伴伴、魚中常侍です。伴伴とはご存じですか？」

「点青さまが、主上にとってとくべつな存在であると」

「そうです。とくべつ過ぎて、ときにだれも裁けないことすらあります」

「延明さまのお祖父さまが罪に落とされたときも、そうだったのでしょうか」

めずらしいな、と思う。桃花が積極的に延明について訊ねてきたことなど、これまであっただろうか？

桃花はいつも延明に寄り添ってはくれるが、踏みこんではこない。ずいぶんと前……掖廷令に着任したあいさつに訪ねたときに、ざっと話した気がするが、どこまで詳細を語ったかはすでにあやふやだった。一から説明したほうが早いだろう。

「当時、まだ大家には伴伴がふたりいまして、もうひとりが趙という姓の中常侍でした。この趙中常侍が、大家への大逆を企んでいたのです」

大逆とは、律のうえでは歴代皇帝の宗廟や陵墓などを破壊する行為などを指すが、ここでは一般的にいう、帝の玉体を害するおこないを指して使う、と延明は前置きした。

「私の祖父は当時、司隷という、高官すらも独断にて捕縛検挙できる官の職に就いており、大逆の情報を突き止めた祖父は、趙中常侍を捕えようとしたのです。けれどもそれを察知した趙中常侍によって、あえなく返り討ちにされてしまったというわけです。重要参考人を口封じに殺したと、罪をなすりつけられました」

殺したのは祖父であり、重要参考人を口封じするということは、祖父が大逆を計画していた黒幕であると……そう、趙中常侍が帝に吹きこんだのだ。

帝は、伴伴の言葉を信じた。——いや、おかしいと思いつつも、目を瞑って信じようとしただけなのかもしれない。帝の心のうちなど、延明には到底わかるはずもないことだが、結果、祖父と父は拷問によって罪を認めさせられるのを恐れ、縄につく前に命を絶ち、家族らは処刑されて孫一族はこの世から消えた。

大雑把に説明するあいだ、桃花はただ静かにそれを聴いていた。話を終えると、桃花は「趙中常侍は、その後排除されたと聞きましたが？」と尋ねた。延明はまつ毛を伏せる。

「ええ。太子殿下の主導によって百官がその罪を暴き、大家がみずからの手で裁きました。もうひとりの伴伴、魚中常侍がそうするように迫ったのだときいたことがありますが、定かではありません」

ただ、律では裁けなかった。断罪したのはあくまでも帝なのである。このちがいは大きい。

「……気をつけてください。なにか起きてからでは、私の力で助けることは困難となるでしょう。もし希望があるのでしたら、孺子堂からも外します」

「わたくしだけ逃げるわけには参りません」

「しかし、ほんとうに万が一のときはあなたの意に反してでも、私はあなたを守ろうとするでしょう。女官としての籍を殺してしまうやも」

中常侍への怒りをこめて言うと、桃花は眠そうな目でじっと延明を見てから、花がほころぶように笑み崩れた。思わず見入ってしまう。

「それはそれで、よいかもしれませんわ。そのときには掖廷官・老猫として、いっしょに働かせてくださいませ」

「……参りましたね。あなたはこれだから」

敵わないな、と痛感する。

「忘れないでください。私とて、いつまで掖廷令でいられるかなどわかりませんよ。下手を打って失脚すれば、浄軍行きです」

「浄軍」

目と目が合う。

「……あの。延明さま、先日の腐乱死体の件ですけれども」

「訊くと思いました」

やはりそうだった、と微苦笑する。桃花とは、いつも死体の話をしている。

「解決したか気になりますか？」

「いつも結果を教えてくださるので、今回はまだであるなと」

「まだ解決していませんからね。じつはあの腐乱死体と関連して、もう一遺体ありまして……。そうですね、じつは行き詰っているので、よろしければ助言をいただけると助かります」

延明はざっと小宦官・万寿の事件のあらましを説明し、腐乱死体の身元と思われる十区の婢女・金英の件とあわせて、容疑人が後宮浄軍のとある九人にまで絞れていることを説明した。

「ただこの九人に事件当夜、犯行が可能だったかというと、むずかしく思われています。九人からさきに絞ることができていないのです」

延明は当夜、被害者を含めた十人の行動について、またあらためて房割りと時系列を簡易にまとめた表をつくり、流れを説明した。

「――以上というわけで、だれかが嘘をついていないかぎり、万寿を殺害することはむずかしかったのではないかと思われているのです。もちろん、同房の者が熟睡していて抜けだすことが案外可能であった、などということもあるかもしれません」

　寝入る同房のだれにも気づかれることなくこっそり抜けだし、なにかの用事で外をうろついていた万寿をどこか遠い屋外にて鋤（すき）の柄で殴殺し、またこっそり帰ってきて、気がつかれないように臥牀（ねどこ）に滑りこむ。……可能とは言いたくないが、不可能ではないだろう。

　だがそれを言ったらだれもが可能になってしまう。拷問するにせよ、なるべく無実な人間を巻きこみたくはないので、限界まで絞りこみたい。

「桃花さん、もし万寿の再検屍（けんし）をお願いしたいと言ったら、引きうけてくださいますか？」

「再検屍？　なぜでしょう？」

「万寿を検屍することで、犯人につながる何かしらの情報が手に入ればと思うのですが」

　もしかしたら、桃花なら死体を視（み）ることで、犯人の利き腕や体格まで見通すことができるかもしれない。そんな期待を抱いた。

　ところが、

「お引き受けいたしません」

断りの言葉に、延明は驚いた。桃花が検屍を断るのははじめてのことだ。

「なぜ……？」

「必要がないからですわ、延明さま。嘘をつけば、その証言は死体状況とかならず異なってしまうのです。矛盾するので、あきらかに嘘だと判明いたします」

「……つまり桃花さんにはもう、だれが嘘をついているのかがわかっているということですか？」

「はい。だって死体は『仰臥』していたのですもの」

＊＊＊

はじめて、やさしくされたと思った。

そう王有は供述したと、若盧獄にて取り調べにあたった華允は、そのように延明に報告をあげた。

「投げやりな気持ちでたのんだんだそうです」

助けてほしいから嘘をついてくれないか、と。どうせ無理だろうなと思いながらたのんだのだと、さみしそうに王有は言ったという。

愛し合っている最中に蟬女が死んでしまったときの話だ。

王有はもうひとりの女に蟬女の存在が露見するのを恐れ、肥え甕に蟬女の死体と着衣とを押しこみ、浄軍を出た。——蟬女が死んですぐのことだ。

とうぜん、十二区の奥まで死体を遺棄しに行って、往復して三刻（三十分強）でもどれるはずがない。

半時（一時間）よりずっと時間をかけて舎房にもどり、まんじりともせずに朝を迎え、気がつけば王有は起きがけの朱章に声をかけていた。

助けてほしいから、嘘をついてくれないか。夜、どうかずっと一緒にいたことにしてほしい、と。

たのみながら、王有はどうせ無理だと諦めていた。師父・朱章とは仲が悪く、腐刑をうけて宮仕えとなってから、ずっと奴隷のようにこき使われて生きてきた。師父が王有のためになにかをしたことなど、ただの一度もない。師父とは父親とおなじ存在であるなど、言葉だけ。父親ではなく奴隷の主だ。困っていても、助けてくれるはずがない。

『ところが、おどろきました。いざ掖廷官がやってきたら、俺のために嘘をついてくれていたんです。すぐ捕まると思ったのに捕まらないから、あれって思って、師父にきいたら、三刻ほどで帰ってきたことにしておいたぞ、と』

三刻ならば、死体を十二区に捨ててもどることは不可能だ。

師父は、王有を守ってくれた。無駄だと思ったたのみは聞き入れられていた。うれしかったのだと、王有は微笑んだという。

「なるほど。だから蟬女の遺棄について自供をしても、遺棄した時刻だけは真実を言わず、嘘をつきつづけたというわけですね」

「そうみたいです。朱章の偽証がばれないように、と。自分のために嘘をついた師父を、ずっとかばっていたとのことです」

華允の報告に、ため息をつく。

延明はおのれの思い込みを恥じた。素直に自供しているからといって、すべて真実を話しているとは限らなかった。ひとつひとつ確認をとるべきだった。とくに、死体検案書と照らして、矛盾はないか確認すべきであったのだ。

蟬女の死体遺棄の時間がちがう。——そう気がついたのは桃花だ。

王有は、蟬女の死体を肥え甕に隠しておき、翌早朝、仕事開始と同時に十二区へと運んで遺棄したと供述していたが、これは真っ赤ないつわりであったのだ。

なぜなら、ほんとうに翌朝になってから遺棄したのなら、すでに全身に死後硬直がはじまっていたはずで、仰臥体で発見されるはずがなかった。

肥え甕のなかに押し込まれた不自然な姿勢のまま、固まっていなければおかしいのである。

言われてみれば確かにそのとおりで、なぜ気がつくことができなかったのか、延明としては非常に恥ずかしい思いでいっぱいだ。

とにもかくにも、桃花の指摘によって王有の嘘が判明し、よって、万寿が殺害された当夜、王有は三刻でなどもどって来てはおらず、あの時間には不在であったと証明された。

よって、朱章には単独の時間があったとあきらかになったのだ。

ふたたび朱章らの房に捜索の手を入れ、朱章の臥牀の下を掘ったところ、配給された以上に多くの粟米と、金英が盗んだはずの防寒着が発見されたのである。

朱章はまず金英殺害の容疑にて縄となり、きびしい聴取の結果、万寿殺害をも自供することとなった。全面自供であるという。

「公孫さんの取り調べはうまいです」

勉強になった、と華允はすこし興奮した様子で報告を読みあげた。

「動機は、飢えと寒さ、冬越しへの恐怖だと本人は言っています」

朱章は梅婕妤の入内から十年仕えてきた宦官である。

寵妃の宦官として暮らしてきた生活から、一気に最下層である浄軍への転落は、あまりにも残酷な仕打ちであったと朱章は語っているという。

「浄軍では小宦官や老宦官があっけなく死んでいく。その現実を見て、なんとしてもますね」

生きのこりたいと思ったんだとか。そんなとき見かけたのが、十区の盗っ人、婞女の金英が、防寒着を盗む姿だったそうです。ずるいと思った――そんな言葉が出てきてますね」

婞女のくせに、朱章よりもぬくぬくとした冬を越すのだ。ずるい。おかしい。ゆるせない。――そう思ったと、供述書にはある。

気がついたら背後から襲って殺し、防寒着を奪っていた、と。

「肥え甕を牽いているところだったので、死体はそのなかに入れて、浄軍に逃げ帰ったそうです。ちょうど堆肥場にはだれもいなかったので、切り返しの作業が終了した山を選んで埋めたと言っています」

どうせ臭いから、深く埋めずに臭ってもだれもわからないだろうとも思ったという。ただ、堆肥を使うという通達があったときにはあわてたと、朱章は疲労濃い顔にて供述したそうだ。

「夜、急いで掘りだしに行ったらしいです。そしたら動物かなにかが掘ったのか、死体は堆肥からはみ出ていて、だいぶ食害されて傷んでいたんだとか。必死に掘りだして、水中に遺棄し直した、と」

「万寿のほうも、配給を奪うために殺したのですね？」

そのようだと華允は首肯した。

「あの日は配給があって、しかも万寿は賭博に勝ったようすだったと。これもまた、ずるいと思ったそうです。小宦官なら、大人よりも食べる量はすくなくて済むはずなのに、なぜ自分よりも多くの食糧を手にしているのかと」

苛立っていたという。しかも、王有も帰ってこない。外を確認したら、暗闇に乗じて万寿がこっそり米を隠しに行くところだった。朱章はそのあとをつけ、殺して奪った。

王有の『嘘をついてほしい』とのたのみをきいたのは、王有を守ろうとしたのではなく、自己保身のためだった。

王有が帰ってきていたことにすれば、自分の身を守れると踏んだに過ぎなかったのだ。

「このとき、金英の死体もまだ見つかっていなかったので、やはり堆肥のなかに遺棄したそうです。浅はかだなって思いますけど」

「衝動的に殺人を犯している時点で、すでに浅はかです」

「たしかに……」

「ところで、どうして朱章は王有のことは殺さなかったのか、なにか言っていましたか？　王有もかなりの食糧をためこんでいたはずですが」

供述書には書かれていない。しかし、しゃべったすべてが記録されるわけではないので、尋ねた。

　華允は複雑な表情を浮かべた。

「殺さなくても奪えると……自分は師父だから、よこすように言えばとうぜんもらえるものだと思っていたとかで、おれ、こういう心理はよくわかりません……」

　自分は師父である。いうなれば家長で、子は父に援助するものである。朱章はそのように考えていたようだ。――これは師父に限らず、世の父にもありがちな考えである。子は親を世話するものと妄信し、愛をあたえなくとも愛が返ってくると、そう無条件に信じている親は皆無ではない。

「しかしその考えのおかげで、王有は殺されずにすんだわけですね……なんとも言いがたい」

「王有はいずれ、師父の真実を知るんでしょうね。おれ、ちょっとかわいそうに思ってしまいます」

　うつむくので、ちょうど持ちあわせのあった蒸餅を持たせた。

　華允はうれしそうな怒ったような、なんとも器用なむずかしい顔をする。

「もう仕事はあがってよいです。疲れたでしょう、童子と夜食に食べなさい」

「延明さまはおれをただの食い意地張った餓鬼だと思ってますよね。それに与えすぎです。おれ、返せるかわかりません」

「おまえに食べものを返してもらおうなどと思うほど、落ちぶれてはいませんよ」

そうじゃない、などともごもご言いながら、華允は礼をとって署をあとにした。

背を温めるように置かれた火鉢のなかで、木炭がはぜる。冬の音だ。延明はそれを心地よく思いながら、残務を処理した。

几（つくえ）が片づき筆をおくと、軽く伸びをする。疲れた、という思いがあった。故郷に滞在したひと月のあいだは感じることのなかった疲労だ。

延明は棚から人銜（にんかん）の甕（かめ）をとり、立ちあがる。

火鉢から離れるのが億劫（おっくう）な季節になってきた。しかし疲労が溜（た）まっているのだから、蜂蜜湯（はちみつ）を飲まねばなるまい。そう微笑んで、延明も本日の仕事を終えた。

＊＊＊

吹きこむ冷たい風で、重い帳（とばり）がゆれている。

冬の夜は風が強い。いかに技巧を凝らして建てられた孺子堂（じゅし）といえども、冷気の侵入を完全には防ぐことはかなわかった。

だが、それでよいのだ、と桃花（とうか）は火鉢の灰受けを掃除しながら思った。空気の出入りがなければ、炭を燃したときに出る毒気にあたってしまう。空気とは『気』であるから、血液の流れを止めてはいけないのと同様に、風の出入りも完全に止めてはならない。それが摂理で、世とはそのようにできている。

「桃花、そっちは終わった？」

才里が幾重にも垂らされた帳のなかからそっとぬけ出てきて、ささやいた。

こくりと桃花がうなずくと、才里は「こっちも終わったわ」と言う。帳のなかは蒼皇子の臥室であり、終わったわ、とは寝かしつけが完了したということだ。

不寝番にあとをたのんで才里とともに退室する際、桃花はふと思い立って深衣の懐をさぐった。取りだしたのは、『度朔山の虎』。延明にもらった悪夢からのお守りだ。

どうか傷ついた少年が見る夢が、温かいものでありますよう――そう願い、扉に近い燭台の上に、そっと置いて去った。

「――牛ではなく豚、米よりも豆がいいのですって」

風から手燭の火を守りながら歩き、才里がいう。蒼皇子の食事内容の話である。

昼間、扁若が蒼皇子の診察をして、そのように指導していったという。

「水に溺れる人の夢とか、そういうのを見るときは腎気が足りないのだそうよ。だからまずは日々の食事から腎気をおぎなうといいらしいのよ。逆に甘いものはよくないらしくて、控えるよう言われて殿下はとても拗ねてらしたわ」

拗ねる蒼皇子と、それを歯牙にもかけない扁若の様子が目に浮かぶ。

「……あの若さで太医薬丞ですから、腕のよい太医であるかと。わたくしたちも従いましょう」

「腕はいいかもしれないけど、変なひとだったわ」

正直な感想に、なにも言えない。

「あとね、知らないだろうから教えておくけど、あの太医、あんたの房を燻蒸していたわよ」

「はい？」

「汚い、邪がつく、風がつく、ですって。まあ、汚いのは同意しかないんだけど。それでへんな札をかけたり、なにかを撒いたり、薬を焚いたりしてたわ」

「なんでしょうそれは……」

死体の穢れを孺子堂に持ち込むなということだろうか。

蒼皇子の不調は桃花が侍女としてやってくる前からなので、関係ないとわかるはずなのだが。

「さすがに太医だし変な物じゃないとは思うけど、ちょっとなんだかなぁってかんじよね。いやだったら札とかは捨てちゃいなさいね」

ゆっくり歩いていたが、すぐに房に着く。才里とは「またあした」とあいさつをしてわかれた。

房に入ると、たしかに丸薬を焚き染めた、煙いような清涼なような、なんとも言えない匂いがする。扁若は「汚い」と言っていたらしいが、衣や櫛、宮粉などの身じたく品や、筆や硯など文宝のたぐいがごちゃごちゃと散らかっているのは手付かずである。燻蒸よりもそちらをなんとかしてくれたらいいのにと思いつつ、手燭で房内を照らして見る。

入ってすぐの足もとに、才里が言っていたものと思われる札が貼ってあった。貴重な紙を使用した札で、履ほどの大きさの真ん中に大きく『陸』と書かれてある。

――陸？

入り口の柱にも、天井にもおなじものが貼られている。桃花の知識にはない札で、効能の程がいまひとつよくわからない。

なんだろう、と小首をかしげたところで、コン、と壁を打つ音がきこえた。隠し戸をくぐって入る房だ。

戸を引くと、炭の匂いと暖かな空気が流れ込んでくる。どうぞ、と声があり、のそのそとくぐった。

「おつかれさまです。一服しませんか」

勧められて、藺で編まれた席に座る。

昼間、中常侍の件で駆けつけてくれたときにはずいぶんと殺気立ったようすだったが、いまはうって変わってとてもくつろいでいるようだった。よかった、と思う。

「延明さまも、おつかれさまでした。解決したごようすで、ようございました」

「ええ。毎度毎度、あなたに助けていただいてばかりで情けないことですが」

言いながら、人銜の蜂蜜湯をつくってくれる。

「延明さまの助けになっているのでしたら、それは本望ですわ」

「桃花さんは、すぐそのように私を浮つかせることばかりおっしゃる」

「そうでしょうか？」

ほこほこと湯気の立つ器に触れると、じんわりと温かくてほっとする。今夜はますます冷え込みそうだななどと思ってから、あ、と気がついた。

「あの、給事は交代でおこないましょうと、先日お約束しましたけれども……」

「これは薬ですから、料理ではありません。それにあなたにやらせるのはすこし心配ですね。山のような人銜を取り分けられでもしたら困ります」

「たくさんお召し上がりになればよろしいかと」

「ほんとうに、鼻血が出て倒れてしまいますよ」

そう苦笑しながら、蒸餅の盛られた盆を出してくれる。ふっくらと膨れ、表面が十字によく割れた上質な餅だ。

延明がさきに手をつけて頰張ったので、桃花も遠慮なくいただいた。小麦の素朴な

香りと麴の風味がほっとする味だ。甘い蜂蜜湯とも、相性がいい。

「これから、ますます寒くなりますね。桃花さんは寒いのはおきらいですか？　ああ、問うまでもありませんでしたね、あなたはぬくぬくと暖かいのが好きなのでしょう」

「もちろんですわ。けれども、検屍するにはよい季節です。死体状況がよいことが多くなりますので。延明さまはどうでしょう？」

「私は……冬は困りますね。花見も月見もできません」

「雪見酒がございますわ」

「おや、つきあっていただけますか？」

「寒いのは、きらいです」

正直に答えると、「あなたというひとは」と延明は嘆息した。

それからもふたりでゆっくりと蒸餅を味わいながら、たわいのない話をとりとめもなくくり返す。めずらしく会話の多い夜だと思った。たまには、悪くない。

「──向かい合って食事をするから、対食。そう才里からききました」

ふと思い出して言うと、延明は一瞬息をのんだようにも見えた。

「……しらべましたか」

それから、困ったように笑う。

「その節は、酒のせいでおかしなことを口にしてしまいましたね。おわびします」

「いいえ、延明さま。そういうことではないのです。夫婦とは、そんなによいものでしょうか？　と、わたくしはそのようにつねづね疑問に思っている、と申したいのですわ」

「……意味をはかりかねます」

「わたくし、夫婦という関係には憧れたことがないのです。両親が不仲であった影響かもしれませんけれども、人生で生きていくうえで必要ならば婚姻しますし、必要なければしなくてもよい、そのように考えて生きて参りました」

「……」

「ですので、対食にも憧れません。不要であるという考えなのです」

延明はどういう表情をすべきか、迷っているようであった。桃花は怒っているわけではないのだと示すように、ゆっくりとやわらかい口調でさきをつづける。

「だって、夫婦よりも、友のほうがよほど深い絆で結ばれた関係であるとは思いませんか？」

「友が、ですか？」

「夫婦にはたがいに義務があり、責任がございます。けれども友にはそれがございません。たがいに責任を負わず、義務も負わない。それなのに支え合い、助け合い、永久に心のよりどころとしてつながっているのです。夫婦などよりもずっと、絆が深いではありませんか」

延明は桃花の言葉を推し量るように、じっとこちらを見ている。

「……桃花さんは、私の友だと思ってよいのですか？」

「そのように、すでに申しあげていると思うのですけれども」

答えると延明はまばたき、天井を見て、床を見て、それからまた視線を泳がせた。ほんのり赤くなった顔をうずめるように、片手で覆う。

「……まってください。なんだか袖にされたような、逆に熱烈なことを言われたような、よくわからない心境です」

「困っていらっしゃる？　わたくし、これからも延明さまとの友情をはぐくんでいきたく思っているのですけれども」

「友とはなんであるか、思い出したばかりで忘れてしまいそうです」

頭を抱えながらなにを言っているのだろう。

「そういえば、友で思い出しましたけれども、わたくしの房に扁若さまがおかしな札を貼ってゆかれました」

「はい？　扁若」

一気に目が据わる。

「桃花さんと扁若はいつご友人に？」

「あ、わたくしが勝手に友の入り口に考えているだけですので、扁若さまがどう思っていらっしゃるかは存じませんけれども」

「では友ではありませんね」

冷たく断言された。

こんど扁若に確認してみようと思いながら、桃花は宙に『陸』の文字を描く。

「一字で『陸』と、それだけが書かれた札なのですけれども、あれはどのような蠱(まじな)いでしたのでしょう？　延明さまはご存じでしょうか？」

「陸？」

延明も思いあたる知識がなかったようで、腕を組んで考え込む。

「陸……陸の神？　なんでしょうね……反対の意味をかいて吉祥にしたりなどはしますが、陸――海？　水……？　水」

言って、はっと顔をあげる。かと思えば、なるほどと声を出して笑う。

「延明さま？」

「いや、扁若とはなかなかやる。桃花さん、これは『陸(おか)』ですよ。水がない地面です」

「それは存じておりますけれども……」

「ですから、水がないのです。すなわち、魚はあがってくることができません」

魚？　とふしぎに思っていると、「魚氏ですよ」という。

「魚中常侍は入ってくるな、という威嚇です」

桃花は目を丸くした。延明は肩をゆらして笑う。

扁若があのつんととりすました顔で札を用意する姿を想像して、桃花もくすりと笑った。やっぱり扁若も友人のひとりなのだろう。とてもうれしい。

「――そうでした。中常侍ですが、娘娘から大家に正式に厳重なる抗議を出させていただきました。しばらくは姿を見せることはないでしょう。油断は禁物ですが」

「ありがとう存じます」

さて、と延明が蜂蜜湯を飲み干し、空になった器をおろす。

「そろそろたがいに自室へもどらねばなりませんね。私など、区切りをせねばいつまでも滞在してしまう」

「では、お暇を申しあげます」

桃花は席を立ち、隠し戸を開けて、最後に「そうだ」と思いだす。

「あの、延明さまに以前いただいたお守りですけれども、蒼殿下のために使わせていただいてもよろしいでしょうか。というか、もう殿下の臥室に置いてきたのですけれども」

言うと、延明はあきれたような、納得したような表情を浮かべた。

「事後承諾ではありませんか。――桃花さんは、もう悪い夢は見なくなったのですね？」

「はい。あれはきっと、無力な自分への怒りや焦りから見ていた悪夢だったのだと、そう思うのです」

けれどもう、桃花は検屍官だ。延明がいるかぎり、ひとりの誇りある検屍官として生きていける。

そう告げると、延明はまぶしそうに目を細めた。

「われわれ、じつは一蓮托生ではありませんか？　検屍という、おなじひとつの蓮華のうえに生きている」

「かもしれません」

微笑んで、引き戸をくぐった。

戸を閉めるとき、まってください、という延明の声がきこえる。

「最後に、とつぜんですみませんが、桃花さんの祖父君の名前をうかがっても？」

「祖父ですか？」

「ええ。まえも語ったことがありますが、私は無冤術をこの国全土にゆき渡らせる第一歩として、検屍学についてまとめあげた書をつくりたいのです。検屍の学問書であり、手引き書となるような。そして、その巻末にはあなたの祖父君の名を刻みたい」

「……わたくし、後宮に来てよかったと、いまとても実感しております」

いや、いまだけではない。

きっと、もっと前から。

あたたかい気持ちで、桃花はひとつの名を大事な友に託した。

「とてもめずらしい姓なのですけれども、わたくし旧姓を羊角と申します。祖父の名は羊角慈と」

「羊、角……？」

延明が何かに驚いたように愕然と息をのんだ。そんな気がした。

【主な参考文献】

『中国人の死体観察学　「洗冤集録」の世界』宋慈・西丸與一（監修）・徳田 隆（訳）／雄山閣出版
『宦官　側近政治の構造』三田村泰助／中公新書
『宦官　中国四千年を操った異形の集団』顧蓉・葛金芳・尾鷲卓彦（訳）／徳間書店
『検死ハンドブック』高津光洋／南山堂
『基本としくみがよくわかる東洋医学の教科書』平馬直樹（監修）・浅川 要（監修）・辰巳 洋（監修）／ナツメ社

本書は書き下ろしです。
この物語はフィクションであり、実在の地名・人物・団体等とは一切関係ありません。

後宮(こうきゅう)の検屍女官(けんしにょかん)5

小野(おの)はるか

令和5年 5月25日 初版発行
令和5年 6月15日 再版発行

発行者●山下直久

発行●株式会社KADOKAWA
〒102-8177 東京都千代田区富士見2-13-3
電話 0570-002-301(ナビダイヤル)

角川文庫 23667

印刷所●株式会社KADOKAWA
製本所●株式会社KADOKAWA

表紙画●和田三造

●お問い合わせ
https://www.kadokawa.co.jp/(「お問い合わせ」へお進みください)
※内容によっては、お答えできない場合があります。
※サポートは日本国内のみとさせていただきます。
※Japanese text only

ISBN 978-4-04-113680-5 C0193

角川文庫発刊に際して

角川源義

第二次世界大戦の敗北は、軍事力の敗北であった以上に、私たちの若い文化力の敗退であった。私たちの文化が戦争に対して如何に無力であり、単なるあだ花に過ぎなかったかを、私たちは身を以て体験し痛感した。西洋近代文化の摂取にとって、明治以後八十年の歳月は決して短かすぎたとは言えない。にもかかわらず、近代文化の伝統を確立し、自由な批判と柔軟な良識に富む文化層として自らを形成することに私たちは失敗して来た。そしてこれは、各層への文化の普及滲透を任務とする出版人の責任でもあった。

一九四五年以来、私たちは再び振出しに戻り、第一歩から踏み出すことを余儀なくされた。これは大きな不幸ではあるが、反面、これまでの混沌・未熟・歪曲の中にあった我が国の文化に秩序と確たる基礎を齎らすためには絶好の機会でもある。角川書店は、このような祖国の文化的危機にあたり、微力をも顧みず再建の礎石たるべき抱負と決意とをもって出発したが、ここに創立以来の念願を果すべく角川文庫を発刊する。これまで刊行されたあらゆる全集叢書文庫類の長所と短所とを検討し、古今東西の不朽の典籍を、良心的編集のもとに、廉価に、そして書架にふさわしい美本として、多くのひとびとに提供しようとする。しかし私たちは徒らに百科全書的な知識のジレッタントを作ることを目的とせず、あくまで祖国の文化に秩序と再建への道を示し、この文庫を角川書店の栄ある事業として、今後永久に継続発展せしめ、学芸と教養との殿堂として大成せんことを期したい。多くの読書子の愛情ある忠言と支持とによって、この希望と抱負とを完遂せしめられんことを願う。

一九四九年五月三日

後宮の検屍女官
小野はるか
角川文庫

香華宮の転生女官

朝田小夏

転生して皇宮入り!? 中華ファンタジー

「働かざる者食うべからず」が信条の貧乏OL・長峰凜、28歳。浮気中の恋人を追って事故に遭い、目覚めるとそこは古代の中華世界！　側には死体が転がっており、犯人扱いされるが、美形の武人・趙子陣に助けられる。どうやら彼の義妹・南凜に転生したらしい。子陣の邸で居候を始めた凜は、現代の知識とスキルで大活躍。噂が皇帝の耳に入り、能力を買われて女官となる。やがて凜は帝位転覆の陰謀を知り、子陣と共に阻止しようとするが――。

角川文庫のキャラクター文芸

ISBN 978-4-04-112194-8

ISBN 978-4-04-113269-2

雨月先生は催眠術を使いたくない

奥野じゅん

心理学×催眠術!? 面白すぎるバディミステリ

大学生の織辺玲は、図書館で調べもの中に、閉架書庫の中に奇妙な空間を見つける。次の瞬間「見た？」という低い声と共に背後から現れたのは文学部心理学科の准教授・有島雨月。驚く玲に雨月は意図不明な質問を重ねる。実は彼は催眠術「らしきもの」が使え、玲の見たものを聞き出そうとしたが、玲には全く効かなかったのだ。こうして雨月に興味を持たれた玲だが、彼女にも雨月に相談したい悩みがあり……。凸凹コンビの心理学ミステリ！

角川文庫のキャラクター文芸

ISBN 978-4-04-113520-4

小田菜摘
莉国後宮女医伝
華は天命を診る
角川文庫

華は天命を診る
莉国後宮女医伝

小田菜摘

街の名医になるはずが、なぜか後宮へ!?

19歳の新人医官・李翠珠は、御史台が街の薬舗を捜査する現場に遭遇。帝の第一妃が、嬪の一人を流産させるために薬を購入した疑いがあるらしい。参考人として捕まりかけた店主を、翠珠は医学知識で救う。数日後、突然翠珠に後宮への転属命令が！　市井で働きたかった翠珠は落ち込むが、指導医の紫霞や、後宮に出入りする若き監察官・夕宵など、心惹かれる出会いが。更に妃嬪たちが次々病になり……。中華医療お仕事ミステリ、開幕！

角川文庫のキャラクター文芸

ISBN 978-4-04-112728-5

皇帝の薬膳妃

紅き棗と再会の約束

尾道理子

〈妃と医官〉の一人二役ファンタジー！

伍尭國の北の都、玄武に暮らす少女・董胡は、幼い頃に会った謎の麗人「レイシ」の専属薬膳師になる夢を抱き、男子と偽って医術を学んでいた。しかし突然呼ばれた領主邸で、自身が行方知れずだった領主の娘であると告げられ、姫として皇帝への輿入れを命じられる。なす術なく王宮へ入った董胡は、皇帝に嫌われようと振る舞うが、医官に変装して拵えた薬膳饅頭が皇帝のお気に入りとなり――。妃と医官、秘密の二重生活が始まる！

角川文庫のキャラクター文芸

ISBN 978-4-04-111777-4

斉国札術士録
活版書房と札見習い
九条菜月

落ちこぼれ術士と美形記者が街中の悪事を暴く!

黒い炎を纏う獣──“妖”を唯一退治できるのは、神木札を扱える札術士。18歳の朱雨露は、名門の札術四家に生まれたにもかかわらず、落ちこぼれとして周囲から冷たい目を向けられている。ある日、長兄から黄土版の記者・呂天佑の護衛を頼まれた。商家の跡取りと門閥貴族の奥様の密通を記事にして以来、命を狙われているとのこと。雨露は、常に行動を共にするうちに、天佑の隠された過去に気づき……刺激的な中華ファンタジー開幕!

角川文庫のキャラクター文芸

ISBN 978-4-04-111519-0

ISBN 978-4-04-105198-6

王妃さまのご衣裳係

路傍の花は後宮に咲く

結城かおる

第5回角川文庫キャラクター小説大賞隠し玉!

涼国の没落貴族の娘・鈴玉は女官として後宮に入り、家門再興に燃えていた。だが見習いの稽古は失敗続き。真っすぐな性分も災いして、反抗的とされてしまう。主上の寵愛深い側室づき女官となって一発逆転を狙うも、鈴玉を指名したのは地味で権勢もない王妃さまだった。失望する鈴玉だったが、ある小説との出会いが服飾の才能を開花させる。それは自身の運命と陰謀渦巻く後宮をも変えていき……⁉　爽快な王道中華ファンタジー！

ISBN 978-4-04-111514-5